デラシネの時代

五木寛之

角川新書

はじめに

私は一九六〇年代の終わりごろから「デラシネ」ということをしきりに書いたり、しゃべったりしてきました。『デラシネの旗』という小説を書いたこともあります。

しかし最近、今こそが、まさに「デラシネの時代」だと感じられてなりません。

デラシネという言葉は元はフランス語で、俗に「根なし草」という意味で用いられることが多い。その背後には故郷や祖国から切り離された人という見方が含まれています。

たとえばスターリンがソ連を支配していたころ、各地からシベリアなどへ数十万人、数百万人単位の人間が平気で移住させられたりしていました。そういうふうに住んでいる土地から、強制的に根こぎにされた人々がいました。それらの移動、漂流を余儀なくされた人々の運命を、私はデラシネと呼んだのです。

今は世界中に六千万人の難民がいると言われています。シリアの内戦で大量の難民が国外に逃げ出して、ヨーロッパ諸国にも押し寄せて大問題になっている。自分たちの生まれた祖国から切り離され、根こぎにされて否応《いやおう》なく移住した人々ですから、難民はデラシネの典型です。またロヒンギャやクルド人の問題の去就も注目を集めています。

私たちはどうか。この日本列島に根付いて安らかにいられるように思われるけれども、やはりデラシネではないか。

太平洋の諸国が市場を開放するTPPもその一例ですが、経済でも思想でもありとあらゆることがグローバル化の名の下に、私たちの生活に否応なく影響を与えています。大きな会社に入れば安泰だ、年金をしっかり納めていれば老後の心配はいらない、そういったこれまで根ざしていた「当たり前」をひっぱがされて、何によって立って生きていくべきかわからなくなっている。次々と変わる常識に右往左往しながら生きているわけで、私たちもまた漂流しているのではないか。

かつてある新聞に「航海者の思想より漂流者の思想を」と書いたこともあります。大海で漂流している人間としての自覚が必要ではないかと感じたからでした。

漂流者はどのように生きていくべきか。

航海者は行く先が決まっていて、そこへ行くために全力を尽くせばいい。そこには理想もあれば希望もある。一方、漂流者というのはどこへ行くのか、今自分がどこにいるかもわからないまま、生き抜いていかなければならない。そのためには気象の変動を常に確かめつつ、不屈の気概を持って流れ動いていく必要があるような気がしてなりません。

もはや何かにしがみついていればいいという時代ではない。確固たるものが見えないなかで、この世をさまようデラシネとしてどう生きていくのか。そう感じつつ、日々さまざまな発言をしてきました。それぞれの話に似通っている部分もありますが、これからも大事だと思うことは繰り返し繰り返し言い続けるつもりでいます。この小冊子からそこのところを汲みとってくだされば、と願っています。

目次

第一章　難民の原体験

体験を体験として語る

テレビや雑誌などのインタビューで「あなたの世界観や人生観が作られるきっかけになった最大の出来事は何ですか」と聞かれることがあります。そんなとき、私は迷うことなく「朝鮮半島で敗戦を体験したこと」と答えてきました。

敗戦と同時に、それまで盤石のものと思われていた国家体制が砂上の楼閣のように消え去り、一夜にして新しい体制が生まれてきたのです。生涯消えることのない、きわめて鮮烈な体験でした。

ところが、最近になって、中東からの難民・移民がヨーロッパ諸国に押し寄せ、国際的な大問題になるのを見て、その体験が単なる個人的な事柄ではなく、今、世界で起きていることと重なり合っている、あるいは、私が過去に体験したことが今まさに再現されつつあると、強く感じるようになったのです。

ＥＵは当初、難民の受け入れに積極的でしたが、流入してくる難民があまりに多いため、途中から難民受け入れを渋るようになりました。また、イギリスは国民投票でＥＵからの離脱を決め、アメリカでは泡沫《ほうまつ》候補であったはずのドナルド・トランプが「メキシコとの国境に壁を造る」などと主張して、大統領にまでなっています。

こういう現象を見ていると、この二一世紀は国家の崩壊と強権の世紀なのではないかと考えざるをえません。さまざまに揺れ動きながらも一九世紀から二〇世紀へと続いてきた国民国家が一斉にメルトダウンしかかっているのではないか。現実に国家は崩壊しつつあるのですが、その動きに対する反動としての国家主義がヨーロッパやアメリカ、中東での状況ではないのかという気がしてならないのです。

二〇世紀にグローバル化を進めた結果、国家の基盤が揺らいでしまった。そのため世界中のあらゆるところで崩壊しつつある国家を下支えしようと、ある種の疑似的な国家再建の試みがおこなわれているように思うのです。

その中で、体験を抽象化・思想化して語ることの脆弱《ぜいじゃく》さをつくづく感じるようになりました。

これまで、体験を理性によって抽象化・観念化して普遍的なものにしていくことが知的な行為であり、知識人の仕事であると言われてきました。けれども、体験を抽象化し、普遍化し、一般化し、思想化していくと、その過程で抜け落ちるものが出てきます。それは血の臭いであったり体臭であったり、あるいは屍《しかばね》の腐臭であったりします。このように言葉によって抽象化されるなかで消えていくものがあります。

ですから、ヒロシマ・ナガサキにしろ、沖縄にしろ、あるいは戦争のいろいろな記憶にしろ、それを生のまま取りまとめて伝える、解釈を加えずに語ることがきわめて大事なことではないかと思うようになりました。

人間は知性的な存在ですが、知性には限界がある。知性によって世界をコントロールすることの限界について、世界中の知識人は二〇世紀を通して嫌というほど痛感したはずです。

どんなに知性が発達しても、悲劇は繰り返し起こります。

大事なことは、あるいは、私たちにできることは、その悲劇をできるだけ少なくすること、悲劇の発生をできるだけ抑えることであって、分析し、理論化することそのものではないように思うのです。

平壌での敗戦体験

日本が太平洋戦争に負けたとき、私は家族とともに現在は北朝鮮（朝鮮民主主義人民共和国）の首都となっている平壌《ピョンヤン》に住んでいました。

その時に私を襲ったのは、自分たちが国家という後ろ盾を持たない無国籍の難民になったという実感です。

まず敗戦が明らかになった当夜、父親が教師をしていた師範学校の生徒たちが突然、人民保安隊と称して赤い腕章を腕に巻き、赤旗を立てて拳銃《けんじゅう》を携帯し現れました。

当時は内鮮一体《ないせんいったい》、つまり大日本帝国本国と植民地である朝鮮半島は一体であると言われていました。父親と教え子たちは関係がよく、コミュニケーションも取れていました。そのため父親は教え子たちの動きを全く気にもしていませんでしたが、父親の知らないところでレジスタンス運動が水面下で進められていたのです。そして敗戦と同時に、教え子たちはパッと身を翻《ひるがえ》して人民保安隊として登場しました。

また敗戦により朝鮮銀行券が一夜にして紙屑《かみくず》になりました。朝鮮銀行券というのは、私たちがそれまで使っていたお金で、日本銀行が発行したお金と同じような力を持っていた。そのお金が突然、使えなくなったのです。

なぜ紙幣という紙切れ一枚を出せばレストランで食事ができるのか、店で物が買えるのか、今でも時々不思議に思うことがありますが、相手がその紙幣を信用するのは、要するに国家による裏付けがあるからです。ドル紙幣の場合は「イン・ゴッド・ウィ・トラスト」（我々は神を信じる）と書いてあって、アメリカ国内にとどまらず世界中の人々が信用して使っています。

私の場合、そういう国家の裏付けを失い、紙幣が紙屑と化すのを目の当たりにして初めて、国家の持っている力の大きさを痛切に感じたのです。

ソ連軍が侵攻してきた後、法律などは通用しません。ほとんど無法地帯です。ソ連兵たちは勝手に家に入ってきて、ありとあらゆる物をひっくり返して持っていきました。軍隊は武装解除になり、学校は休校です。それまで日本人だといって胸を張って歩いていたのが、肩をすくめてコソコソ歩かなければならない。身の危険さえありました。

　こうして国家の崩壊をまざまざと体験しました。十二歳前後で味わった「ああ、国家というものはこういうふうに国民を見捨てるのか」という絶望感は、その後も生涯にわたって消えない傷跡として刻まれ、その記憶が七十年も経った今、改めて非常に強く蘇《よみがえ》ってきているのです。

内地への引き揚げ

　敗戦のとき、国家の崩壊を身に沁《し》みて感じたのは、内地より外地にいた日本人ではないでしょうか。なかでも国家を後ろ盾に「王道楽土《おうどうらくど》」とか「五族協和《ごぞくきょうわ》」をスローガンに、移民として満州《まんしゅう》で開拓に従事した人たちは痛感したと思います。

　彼らを守るはずだった関東軍により置き去りにされ、まさに棄民《きみん》として放り出されたのです。

　棄民たちは祖国へ引き揚げようと、一斉に蟻のように山を越え野を歩き、鴨緑江《おうりょくこう》を渡りました。国家の庇護《ひご》がないだけでなく、かつての宗主国がおこなった侵略と支配の罪を背負い、言葉に言い表せないような悲惨な事態が次々に起こるなかで祖国を目指したのです。

一方、当時の日本政府は外地からの引き揚げに対して冷ややかでした。いろいろなデータを調べてその事実を知り、私は何とも言えない違和感を覚えざるをえません。国民の後ろ盾となるはずの国家は「外地の居留民は当分の間、帰ってきては困る」という姿勢だったのです。日本国全体が食料難でただでさえ大変な時期に、何百万人という日本人が引き揚げて来たらどうにもならないから、現地に留《とど》まれというわけです。それを閣議決定までしていたということを知り、私は「帰ってくるなとは何事だ」と一人憤慨したものです。

公式の引き揚げが始まる見込みがなかったため、外地にいた多くの日本人は独自に引き揚げを試みます。シリア難民がボートに乗って命がけでヨーロッパに向かったように、日本人難民も集団を組織して船に乗ったり、徒歩で山を越えたりしたのです。

私も家族とともにその一つの集団として、三十八度線を徒歩で越えました。三十八度線を越えてしまえば、列車に乗って釜山《プサン》まで行けるはずでしたが、ちょうどその頃、鉄道は止まっていました。韓国で戦後に例を見ないほど大規模なゼネストがおこなわれていたためです。

当時、南に属していた開城《ケソン》へたどり着くと、今でいう難民キャンプに収容されました。開城では、町の一角に難民用の巨大なテントが張られ、見渡す限りカーキ色のテントが並んでいました。そこでしばらく生活し、ゼネストが終わるのを待ちましたが、一向に解決される様子がない。結局、米軍の軍用トラックで仁川《インチョン》まで移動させられ、そこから米軍の軍用船舶で博多《はかた》へと引き揚げてきたのでした。

ですからエーゲ海辺りをボートで渡っていくシリア難民たちの映像を見ると、自分たちの引き揚げ体験と重なってとても他人事とは思えません。

ただ外地からの引き揚げ体験といっても一律でなく千差万別でした。戦後、国民的なベストセラーになった藤原《ふじわら》ていの『流れる星は生きている』（中公文庫）には、満州で夫と引き裂かれた後、三人の子どもを連れて祖国に引き揚げるまでの壮絶な体験が描かれています。

一方、中国政府の協力を得て、非常にスムーズに引き揚げてきた人もいました。もっと極端な例で言えば、政府高官や日本軍の幹部と家族たちは八月一四日、平壌の飛行場から爆撃機に乗ってさっさと内地に帰還していたということです。

「落地生根」という選択

私の家族と一緒に引き揚げていた人たちは、何が何でも内地に帰る、祖国へ帰ると心に決めていました。敗戦のときも、北朝鮮での苦しい日々のなかで誰もが「内地に帰りさえすれば」と口癖のように唱えていました。

引揚者たちには、ある種の出稼ぎ根性のようなものがあって、祖国に帰りさえすれば問題が一挙に解決するというような甘い考えがあったと思います。本当は内地に帰ってからのほうが過酷だったのですが、当時周りにいた日本人の多くは現地に根を下ろすことはほとんど考えませんでした。

その一方で、帰国をあきらめて現地の人と結婚して家庭を持ち、現地に住みついて同化した人もいました。また中国と北朝鮮の国境を流れる鴨緑江の水力発電所で働いていた日本人技術者のなかには、求められて現地に残った人もいました。中国や満州でも、現地に残った技術者や、国民党軍や八路軍（中国共産党軍）に参加した兵士がかなりいたようです。インドネシアでも独立戦争に参加した日本兵たちがいたそうですが、同じことが中国や満州でもありました。今でもそうやって同化した日本人の子孫がつくった村が、モンゴルなどあちこちにあるという話も聞いています。

祖国や故郷に対する考え方もいろいろあって、安部公房《あべこうぼう》の作品『けものたちは故郷をめざす』のように一路、祖国へ帰ることを望む人もいれば、現地に住みついて同化する人もいたわけです。

中国には「落地生根《らくちせいこん》」ということわざがあります。これは、タンポポの綿毛のように風に吹き飛ばされても、どこかに着地したらそこで根を下ろせばいいという考え方です。私たち引き揚げ者は、内地に帰る、祖国に帰る、故郷に帰るということだけを唯一の選択肢のように思い込んで行動していましたが、そうでない選択肢もあったということです。

考えてみれば、中国人は華僑《かきよう》として世界の至るところに住みつき、チャイナ・タウンを造っていますが、これはまさに落地生根を実践したものでしょう。

国家の崩壊と再建

明治維新以来七十年の間に日本でも国民国家が成立し、戦前から戦中にかけては「進め一億　火の玉だ」というスローガンに象徴されるような国民意識が培われてきました。ごく少数の例外を除いて、国民は日本人であることに誇りを持ち、「お国のためなら命をかける」ことが当たり前でした。まさに、見事な形で国民国家が形作られていたわけです。

ところが敗戦と同時に国家が崩壊し、その国民意識も一気に失われました。敗戦から七十年を経て、再び国家を再建しようとしているのが、今の日本の状況だろうと思います。

ただ、国民国家と言ってもその形はさまざまです。たとえば、旧ソ連の場合にはプロレタリアート、つまり労働者階級の国家でしたが、気がつくと国民国家という美名の下で一種の独裁制、王朝制度にすり替わっていました。

ナチス・ドイツのアドルフ・ヒトラー政権にしても、スペインのフランシスコ・フランコ政権にしても、あるいは南米チリのアウグスト・ピノチェト政権にしても、当初に掲げられた国民国家の理想と全く違った形で、気がついたら非常に強権的な独裁国家、王朝国家に変質し、しかも崩壊していっています。

その一方で、中近東などでは国民国家が形成されず、民族国家や部族国家の段階で留まっている国も多く見られます。

いずれの場合にしても、世界各地で起きている現象は、バラバラになっている国家を再統一しようとする動きでしょう。とくに末路に至った国民国家が今、必死で弥縫《びほう》しようとしているのが見てとれます。

そういう時代のなかで、今改めて感じているのは、はたして国家の再建は可能なのかという素朴な疑問です。一旦《いったん》メルトダウンしてしまった国家を再統一することは不可能ではないのか。というのも、民族であれ、階級であれ、宗教団体であれ、凄《すさ》まじい流動化の過程にあり、混乱の渦のなかにあるからです。

逆に言えば、そういう混乱状態のなかにあるからこそ、民族を純化しようとする動きや、異なる宗教に対する対抗心が強まり、ナショナリズムが芽生えてきていると考えることもできそうです。

おそらく、今は新しいナショナリズムの時代なのです。そして、ナショナリズムが台頭してくるときというのは、実は国家が崩壊の危機にさらされているということです。国家の危機に際して、ナショナリズムが頭をもたげてきているのが今の状況であって、まるで末期のガンが暴れているように見えるのです。

正統と異端

世界では今、国民国家が崩壊し、国民の一体性が失われつつあります。

日本はすでに敗戦のときに、それを体験しました。にもかかわらず、日本はもう一度、国民国家を形成しようと躍起になっている。それが今の姿です。

このように各国の国内がバラバラで、世界が混乱状態にあるため、先の予測はなかなか立ちにくいですが、その見通しを立てる上で、ある面では宗教を見ていくことがヒントになるように思います。

ロシアには放浪教徒と呼ばれた人々がいて、彼らはキリスト教の分離派であるロシア正教の、さらに分離派で、ラスコーリニキとも呼ばれています。ずっとタブーにされてきましたが、今ではロシアの人口全体の三分の一はラスコーリニキだったという説まで出ているということでした。

それから歴史学者の山内昌之《やまうちまさゆき》さんが書いた『瀕死のリヴァイアサン――ペレストロイカと民族問題』も興味深い本でした。この本は一九九〇年に出た本ですが、今の中東情勢を非常に早く、的確に予言しています。

この本で面白かったのは、イスラム教を正統派と異端派として分析している点です。私たち日本人の多くは、スンニ派とシーア派と言われてもピンとこない。しかし、正統派（スンニ派）と異端派（シーア派）と言われれば、すぐにわかります。

アメリカの政治学者、サミュエル・ハンチントンは『文明の衝突』で、宗教間の対立や民族間の対立が二一世紀の問題になると指摘しましたが、この説は単純すぎる議論と言わざるをえません。

むしろ、問題は宗教内の内部対立ではないか。

たとえば、イスラム教であれば、スンニ派とシーア派だけでなく、そのほかにも分派がたくさんあります。まさに複雑怪奇な状態で、外部者がうかがいしれないところがあります。

浄土真宗《じょうどしんしゅう》でいうと、薩摩《さつま》の隠れ念仏など異端とされている隠れ念仏のなかに、さらにカヤカベ教などの分派が生まれています。この人たちは独自の宗教観を持っていて、まさに異端のなかの異端と言えます。

このように宗教が枝分かれして内部対立していくことが、大きな問題なのです。

シリア難民をはじめ、イスラム圏からの難民・移民の流出についても、イスラム世界がイスラム教の下にまとまってキリスト教やユダヤ教と対立しているのであれば、流民は出てこないはずです。内部抗争をしているから、流民が出てくるのです。

そういう目で日本を見ると、日本がなぜ明治維新後にあれほど急激な近代化を成し遂げられたのかという謎も自《おの》ずと解けてきます。それは、異端の存在を許す天皇教で国家全体を包み込み、内部対立を抑え切ったからだといえるでしょう。

今から振り返ってみると、その体制は実にすっきりしたものでした。天皇は現人神《あらひとがみ》であり、日本国民は天皇の赤子だという一君万民の思想が行き渡り、私の前後の世代は本当に多くの人が天皇が神であると信じていました。平壌やソウルにも朝鮮神社というのがあり、参道の両側に桜並木が植えてあって、天皇を祀《まつ》る一番大きな祭祀《さいし》場となっていました。

ですから、敗戦のとき、宮城《きゅうじょう》（現在の皇居）前に日本人が山のように集まり、土下座して宮城に向かって「陛下の赤子である自分たちが至らないために戦争に負けてしまいました。お許しください」と言って謝罪したりもしたのです。

あそこまで天皇教徒として順応させられていたにもかかわらず、国家体制が一挙に崩壊してしまい、生命財産の危機と精神的な価値観の危機の両方が一度に押し寄せてきました。ですから、私たちは生き残っても人格崩壊を免れませんでした。

異端派の特徴

今、再び異端派が世の中の前面に出た時代になりつつあるように思えます。

それでは異端派の特徴とは何か。

フランスの歴史人口学者であるエマニュエル・トッドは、「シーア派の人たちの特徴は何だろう」という話になったとき、ある人が「シーア派の連中は泣き虫なんだ」と言ったというエピソードを紹介しています。

実は私もそのことを痛感した体験があります。

一九七九年にイラン革命が成功してパーレビ国王が追放され、最高指導者と言われたルーホッラー・ホメイニ師が政権を握った前後のことです。小説の取材のためにイランに何度か行きました。

イランでは当時、市街地でも女性を見かけませんでした。飲酒が禁止され、娯楽もなかったので、退屈しきっているとき、通訳を兼ねたガイドが「じゃあ、きょうは皆さんをキャバレーにお連れしましょう」と言い始めました。それで、大喜びで久々にネクタイなどして出かけました。ところが、案内されたキャバレーは一応豪華な店内でしたが、ホステスはいないし、酒も出ないのです。

一つのテーブルに男ばかり三人から五人が座って、しばらく水タバコを喫《の》んだりしていると、やがて三人組の男がステージに出て来ました。

一人はサズという中近東特有の弦楽器を持ち、もう一人は太鼓を持っています。三人目は老人です。「今からショーが始まります」というアナウンスの後、その老人がスポットライトを浴びて、サズや太鼓の演奏に合わせて、詩の朗読を始めました。

案内人の説明によると、「フセインの戦い」についての叙事詩でした。イラクの悪名高き大統領もフセインでしたが、このフセインは大昔のイランの英雄です。日本で言えば、源《みなもとの》義経《よしつね》の一《いち》ノ谷《たに》の戦いのような感じです。

その老人が声を張り上げて物語を語ると、周りの客たちがウワ～ッと泣きだした。みんな感激した様子で、滂沱《ぼうだ》として涙を流しているのです。イランはシーア派の居城ですから、それを見たとき「ああ、そうか」と了解したものでした。

デラシネの音楽とは

中近東の音楽は短調、いわゆるマイナーな曲調のものが多いようです。一方、ヨーロッパは長調《メジャー》、陽旋律が一般的です。

戦後の日本では、短調の歌はメソメソして後ろ向きで演歌的、長調の歌は伸びやかで明るく、建設的で健康的だと言われ続けてきました。演歌が情けないのは短調のメロディがほとんどだからで、ヨナ抜き音階と言って日本特有の五音階を使ったものが多いからなどと言われたこともありました。

しかし、たとえばトルコの軍楽は短調のメロディで、イスラム圏の音楽はそもそも短調なのです。「パーレビよ、去れ」というレジスタンスの歌も、「ホメイニ師こんにちは」という喜びの歌も、どちらも短調の曲です。

イスラム学者の五十嵐一《いがらしひとし》さんは「明治維新は短調でやってきた」と言いましたが、そう言われてみると官軍の軍歌は、有名な「トコトンヤレ節」にしても短調のメロディです。だから、短調はメソメソして弱いというのはヨーロッパ近代の感覚であって、日本の感覚とは違っています。

トルコにナーズム・ヒクメットという有名な詩人がいました。イスタンブールに滞在していたとき、ヒクメットの詩を朗読する会に参加したことがありますが、ボスポラス海峡の見える一室で、詩人がヒクメットの詩を朗読すると、そこに集まっていた人たちが肩をふるわせて泣くのです。

その国の政府に弾圧され亡命を余儀なくされたアシュケナージ系（ヨーロッパ系）ユダヤ人たちの音楽も、短調の音楽がほとんどです。

そういうわけで、私はあるとき、長調の音楽が普及しているところと短調の音楽が主になっているところを世界地図にプロットして色を塗り分けてみたのです。その結果、ロシア民謡をはじめとして短調の世界のほうがむしろ多いことがわかりました。

五十嵐一さんは、ヨーロッパはバイブル（聖書）をはじめ、ありとあらゆるものを母の乳房を吸うように東方世界の文明から吸い上げて発展してきたといいます。

バイブルは、ヨーロッパ人がイスタンブールを経由して入手したギリシャ語の聖書をラテン語に訳したものです。宗教だけでなく、科学も羅針盤などの技術も全部、東方世界から入ってきたものです。

経済学者の水野《みずの》和夫《かずお》さんは「複式簿記が発明されたのはイタリアだ」と述べていましたが、そのさらに源流は東方です。数字一つにしてもローマ数字を使っているかぎり簿記はできないからです。アラビア数字が東方から入ってきて、はじめて簿記ができるようになり、資本主義が成立したと言っていい。

ヨーロッパにはずっと、オリエントに対する文明的コンプレックスが根強くあって、そういうコンプレックスの対象である文明に対する独立宣言の一つが、長調の音楽だと言う人もいます。ヨーロッパが軍事的・経済的に優位に立ったとき、かつてのオリエント世界は経済的にも政治的にも没落して沈滞していました。それを見返す意図もあって、分家のオレたちの方がずっと世界の覇権を握った期間が長いのだという、いわば独立宣言として長調の音楽を打ち立てたのだというわけです。

そういう歴史的な事柄をみながら、難民などの流浪の民の感情が音楽にどんなふうに反映するかと考えたとき、これはマイナーの音楽になるのではないか。

今の時代に流れている旋律のなかには、軍事的だけでなく経済的・文化的に力強い強国のメロディと、離散するデラシネのメロディがある。デラシネのメロディは短調、陰旋律の音楽に象徴されるものだろうと思うところがあります。

戦後、ギリシャに生まれた音楽にライカというのがあります。一時期、世界を席巻《せっけん》するぐらいの人気でしたが、簡単に言えば、日本で言う演歌調の歌謡曲です。ヨルゴス・ダラーラスという有名なライカの歌手がいますが、日本で言えば、紅白歌合戦のトリをとるような存在でしょうか。

このライカは、外地からギリシャに帰って来た引き揚げ者たちが作り上げた音楽です。たとえば、トルコ辺りに住んでいた人たちがギリシャ本国へ送還されたものの、底辺で貧しい暮らしを強いられている。そういう人たちがイスラム的な旋律とギリシャの東方的な音楽をミックスし、さらにアメリカのポップスの影響なども重なってできた新しい流行歌なのです。

面白いことに、ライカは日本の歌謡曲にそっくりです。

一九世紀から二〇世紀にかけては、長調の時代であり、短調は後進国の亡国のメロディでした。長調はある意味で支配階級の音楽であり、短調は少数多民族の音楽だったのです。しかし、二一世紀は短調の時代、つまり少数多民族の時代になるかもしれないという予感があるのです。

日本は難民とどう向き合うか

民族問題について考えていくと、あまりに複雑で、混乱して頭がまとまらないというのが正直なところです。とくにロシアの自治共和国はもともと小さな民族が分裂離散しており、統一するのは不可能ではないかと悲観的にならざるをえません。

では、民族国家を造ればいいかというと、たとえばクリミアを完全なタタール人の国家にするわけにはいかないでしょう。なぜなら、ロシア人やトルコ人たちが多数、長く住んできたからです。だとすると、ある意味で非秩序的な現実を受け入れなければならない。

アメリカの場合を見てみると、黒人に白人並みの権利を与えて同化して行こうという動きは公民権運動が盛んだった頃に比べて、後退しつつあるように見受けられます。最近、黒人をターゲットにした事件が相次ぎ、それに対する抗議活動が活発化しているのは、黒人差別まで行かなくとも黒人と白人の区別を強調する動きが広がっているからでしょう。

将来の人口予測でも、アメリカでは二〇五〇年ごろまでに白人と非白人の比率が逆転すると言われています。そのことに白人グループは潜在的な脅威を感じているのではないか。オバマが大統領になって以降は、黒人たちが政府高官や大企業の経営者になる動きもにぶってきている気配が感じられます。

アメリカでは共和党の大統領候補であるドナルド・トランプが民主党の大統領候補であるヒラリー・クリントンを下しました。二人の候補者が残ったということは、いずれにせよアメリカ国民は国民国家の再建を望んでいたということだと思います。クリントンは既存の体制を整えることによってアメリカを再建しようと訴えていたし、トランプはアメリカ・ファーストを掲げて、偉大なアメリカを再建しようと主張していたように見えます。

アメリカは戦後、グローバル化を推進することで資本主義の行き詰まりを切り抜けたわけですが、それは両刃《もろは》の剣だったと言えます。グローバル化を進めることによって、金融が流動化しただけでなく、人間や文化の流動化によってアメリカのナショナルなもののメルトダウンを引き起こしたわけです。その崩壊しつつあるアメリカをもう一度、コンプリートなものにしようというのが今のアメリカの立場で、クリントンにしてもトランプにしても一緒です。

ヨーロッパでは、フランスはナショナリズムの道を歩んでいくだろうし、その動きに合わせる国々も出てくるでしょう。

日本は環太平洋地域でリーダーシップを発揮しようとしているように見えますが、これからどうなるか。全く予測がつきませんが、中国大陸や朝鮮半島に戦争や大きな混乱が起きたときに、今後多くの避難民がボートに乗って日本海沿岸に押し寄せることはありえないことではないでしょう。そのとき、日本政府がどういうふうに対応し、難民を受け入れていくか。これを真剣に考えねばならない時代になってきました。

第二章　「新国家主義」と越境者

移民・難民を複眼的に見る

移民・難民を考える際には、複眼的に見る必要がありそうです。難民というのは自分の意思に反して故郷を離れざるをえなくなった被害者ですが、そうではなく、その国を自分の意思で捨てる人たちもいます。私は両方を指してデラシネと言っています。

アメリカも祖国であるイギリスを捨て、新天地を求めて大西洋を渡った人たちが造った国です。東海岸に上陸したアメリカ人の先祖たちは、先住民を追い払いながら西へ西へと攻め上がり、国土を拡大していった。アメリカ人は、アメリカという広大な土地に落地生根した人たちの子孫なのです。

日本でいうと、革命後大勢のロシア人がロシア極東の都市ハバロフスクから日本へ亡命してきています。リトアニアの領事館にいた杉原《すぎはら》千畝《ちうね》が、ナチスの迫害を逃れてきたユダヤ人ら難民たちに外務省の訓令に逆らってビザを出し、六千人もの人を救った話は有名ですが、そのなかにはロシア経由で日本に来てアメリカなどに向かった人もいました。そうした難民のなかには、神戸《こうべ》付近に住みついた人もいたようです。

アメリカの代表的な西部劇の映画「ＯＫ牧場の決斗」の主題歌を作曲したのは、ロシア（今のウクライナ）出身のディミトリ・ティオムキンです。また、ミュージカル映画「ホワイト・クリスマス」の主題歌を作詞作曲したのもロシア（今のベラルーシ）生まれのアーヴィング・バーリンでした。バーリンは、アメリカ第二の国歌と言われる「ゴッド・ブレス・アメリカ」も作詞作曲しています。

アメリカ的な音楽を作った人たちのなかに、意外にロシア系ユダヤ人が多いことはあまり知られていないかもしれません。

自ら祖国を捨てた人たちや新天地を求めて移住した人たちがいる一方で、戦火や虐殺、貧困から逃れて、命がけで海を渡ってきた大量の難民もいます。だから、そういう人たちをどのように受け入れていくかということが大きな課題で、大げさに言えば、国民国家の存立が問われていると言えるのではないでしょうか。

今、世界は「新国家主義」とでもいえるような方向へ激しく動きつつあります。

ＥＵから離脱したイギリスや、トランプが大統領に当選したアメリカは、グローバル化の時代において国家主権の回復を目指しています。

ロシアのクリミア半島併合もそうでしょう。クリミアはロシア国家の歴史にとって、一つの象徴で、バルト三国などとは違います。ドストエフスキーが生きていたなら、感激して拍手したに違いありません。

ペレストロイカへの反動として、一時期ロシアに「パーミャチ」という運動がありました。パーミャチとは「記憶」であり「伝統への共感」であり、一種の復古主義といってもいい言葉です。偉大な国家の記憶をよみがえらせようというナショナリズムは、新自由主義へのアンチテーゼとして登場してくる。アメリカは金融のグローバリズムによって一つの危機を乗りこえましたが、グローバリズムの行手は、国家、国境の消失につながる。国民国家の崩壊に対する不安は、パーミャチの再生をめざす新しいナショナリズムの波動をうながします。それが私のいう「新国家主義」です。イギリスも、フランスも、ドイツも、そして中国、フィリピンも、そしてアメリカも、「新国家主義」に向けて動きだしているのです。

国家の崩壊が始まった

おそらく現実として、国家は世界的に融解しているのです。国家崩壊の不安が広がったために、その反動としてナショナリズムが勃興《ぼっこう》し、国家再建が主張されている。融解してしまった国家を再形成するのは実際にはきわめて困難だと思われますが、この傾向はしばらく続くでしょう。

新自由主義的な市場経済が主流になっていると専門家は言いますが、現実にはあらゆる国家が経済に大きく関与しています。関税を撤廃して自由貿易を推進しようというTPPですら、国家の強い関与がある。一九三〇年代に始まった計画経済の流れが再び押し寄せているのです。

総じて言えば、国家がどこも強権国家になりつつあります。これは日本で言えば、戦中に満州国で試みた国家経営のスタイルと言えるでしょう。このスタイルを社会主義的資本主義と言う人がいますが、そうではなく、国家的資本主義だと私は考えています。

それから、資本主義というシステムも、すでに国家の関与なしには成り立たない段階にあるように思います。自由主義的な市場原理によって資本主義が支えられる時代はとっくの昔に終焉《しゅうえん》を迎えており、一九三〇年代から国家が政策として市場に関与してきたわけです。ソ連の計画経済がその典型ですが、アメリカのニューディール政策や日本の満州国経営も含まれます。

ただ満州国の場合、日本国内でアカと言われた社会主義者やマルクス主義学者らが満鉄（南満州鉄道）に引き取られて、満州で力を発揮しました。ちょうど、当時のジャズメンたちが東京で演奏ができなくなり、上海《シャンハイ》で活躍したのと同じです。

ですからファシズムの庇護《ひご》の下、マルクス主義的な社会を実現しようとしたのが満州国であり、敗戦の直前までは重工業の発展といい、開拓の成功といい、予想以上の成果を収めたと言っていいと思います。

ミルトン・フリードマンやポール・クルーグマンらノーベル賞を受賞した経済学者たちは、自由主義経済によって資本主義を維持することを主張しています。けれどもそういう理論ではもはや支えられないところまで現代の資本主義は来ているのではないか。

ただし、どんな事象にしろ、断末魔というのは凄《すさ》まじい迫力で迫ってくるものですから、これから十年、二十年の間、資本主義と国家主義が完全崩壊するまでの間は、凄まじい修羅場になるのではないかと思っています。

そうした国家の崩壊に油を注ぐことになるのが、難民・移民問題ではないかという気がします。

宗教は捨てられない

国家が強権化する以上に、大きな影響力を持ちつつあるのが宗教です。

キリスト教圏では人口が減っていますが、イスラム教圏では人口が爆発的に増えています。五十年後には、世界の人口の半数がイスラム教徒になるという説さえあるといいます。

宗教という観点から難民・移民を考えると、難民・移民は宗教を持ち込んでくるという問題があります。デンマークのように難民から携帯電話を没収しようとした国がありましたが、持ち物は取り上げることができても信仰を取り上げることはできないのです。

難民・移民たちが仮にフランスに入国して忠誠を誓う宣誓をし、フランスに受け入れられたとしても、宗教は持ち続けているわけですから、心身の故郷と魂の故郷が異なるという二重籍の問題になってくるのです。フランスでは最近憲法改正が問題になりましたが、テロ行為をおこなう恐れのある人たちから国籍を剝奪《はくだつ》できるようにすることが争点の一つとなっていました。

もちろん、宗教を捨てずに移民することが、かならずしも現地の人たちとの摩擦を生むわけではありません。

多数の日本人が移民としてブラジルに移住しましたが、ブラジル現地にある日本のお寺は浄土真宗のお寺が多い。なぜだろうと思って現地の人に話を聞いたら、浄土真宗の門徒だとブラジルのほうで喜んで受け入れるのだそうです。

というのも、真宗の門徒の多くはギャンブルをせず、酒もあまり飲みません。よく働き、殺生を嫌って魚釣りもせず、いわばプロテスタント的な生活を送っている。勤勉と節制を大事にする傾向が強いので、ブラジルの人たちも喜んで受け入れているという話でした。

移民が多く出た真宗王国

浄土真宗の宗祖は親鸞《しんらん》ですが、念仏を日本国中に広めたのは中興の祖と言われる蓮如《れんによ》でした。蓮如は一五世紀に布教に取り組み、弾圧を受けながらも大本願寺《ほんがんじ》王国を築きます。

その拠点の一つが福井県の吉崎《よしざき》で、ここには巨大な宗教都市が築かれました。ここを足場にしてこの一帯では一向一揆《いっこういっき》が盛んに起きたわけです。蓮如が影響力を持った福井県、石川県、富山県の三県は真宗王国と呼ばれています。ちなみに、国内には真宗王国と呼ばれる地域が三つあり、北陸門徒のほかに、広島県を中心にした安芸《あき》門徒、愛知県を中心にした三河《みかわ》門徒が含まれます。

真宗王国にはいくつかの特徴がありますが、その一つが、間引きが少ないことだといいます。かつて東北地方などの農村では、間引きが当たり前のようにおこなわれていましたが、北陸では蓮如の影響で間引きが少ないのです。

蓮如はとても子どもを可愛がる人で、妻が亡くなると若い女性と再婚して子どもをたくさんもうけています。そのせいか、親鸞が門徒たちに「親鸞さま」と呼ばれたのに対し、蓮如は「蓮如さん」とさん付けで呼ばれました。「蓮如さんはヤヤ子がお好きだった」ということが北陸ではずっと伝承として伝わったため、門徒たちも間引きを嫌いました。

ところが、土地が痩《や》せているうえに風が強くて収穫の多い地域ではないため、農家はどこも貧乏人の子だくさんになってしまいました。それで、生まれ育った土地で食べていけない者がこぼれ落ちるように移民として出ていったのです。

アメリカ・ハワイ州のマウイ島には、江戸時代から大勢の日本人が移民として移り住んでいました。私はかつてマウイ島を訪ねたことがあります。

マウイ島の主産業は当時、サトウキビの栽培でした。サトウキビ畑の仕事はもっとも過酷な労働の一つと言われ、毎日のように労働者が倒れて死んでいった。亡くなった人の遺体を焼くと、灰が風に乗って近くのラハイナという町まで飛んで行き、町のレストランのテーブルに白い粉のようなものがうっすらと降りかかる。それを見て「ああ、今日も日本人の遺体を焼いたな」ということがわかるというのです。その話を聞いて、私は小説のなかでテーブルに降りつもった白い粉を「マウイ島の雪」と名づけたのです。マウイ島の海岸端にある入江で、ブルドーザーがリゾート施設か何かをつくる工事をやっていたのですが、そこに材木が山のように積んでありました。「これは何だろう」と思って行ってみると、それは何と卒塔婆《そとば》でした。卒塔婆にはすべて名前が書いてありました。その出身地を見ると、北陸や広島が目立ちました。

真宗王国では間引きが少ないから、子どもが多く、ますます貧乏になっていく。しかも、日本は基本的に長子相続制ですから、長男以外は行き場がなく、どんなに過酷な労働であっても移民として身を売るようにして海外に出ていったのです。そういう形で多くの移民を出したところが、福井、石川、富山、それに広島といったところでした。

国境を越える難民・移民

同じようにラテンアメリカで目立つのは、沖縄から移住した人たちです。日本人移民の仕事はクリーニング業やガーデニング業（造園）が多かったようです。というのは、向こうでは現地の人に不人気な仕事であり、そこからスタートする日本人が多かったからです。

子だくさんなうえに貧しくて国内では食べられないため、海外に身を売るようにして移住した人たちがいる一方で、満蒙開拓団のように理想を抱いて一村丸ごと満州や蒙古へ移住した人たちもいました。戦火を逃れてきた難民もいれば、正式の移民もいた。アメリカではメキシコ国境を越えて密入国して来る非正規の移民が後を絶たないため、トランプが「メキシコ国境に壁を造る」と言って人気を博したのです。

難民・移民・流民が入り乱れ、世界中の国境を越えて移住しています。そして、国境の意味がなくなり、国民国家そのものが存立の危機を迎えているわけです。

たとえば、ナショナリズムが勃興しているフランスでは難民・移民を排除しようとする勢力が増大していますが、移民として定着したイスラム教徒も多く、国家としての意思形成や政策決定がなかなかできにくい状況に陥っています。やはり民主国家では国民の支持がなければ、政治もやたらに動けないことを示しています。

イスラエルは流民だった人々がようやく辿《たど》りついた終《つい》の故郷であり、旧約聖書に基づいた約束の地であるという宗教的な背景があるわけです。

デラシネが世の中を動かす

難民・移民たちのなかには、国家によって強制的に移住させられ、根こぎにされる人たちもいますが、見込みがないと見限って自分から進んで計画逃亡する場合もあります。ですから、難民・移民は単にネガティブな問題というわけでもありません。

シベリアから内地に引き揚げてきて、渋谷《しぶや》のうたごえ酒場に行ったら「バイカル湖のほとり」というロシア民謡を歌っていたと、ロシア文学者の内村剛介《うちむらごうすけ》さんが書いていました。バイカル湖のほとりというと、いかにもロマンティックな歌のように思われますが、貧しい逃亡者があてもなくさ迷う物語なのです。

放浪者というと、日本でははぐれ者というイメージですが、ロシアではヒーローだと内村さんは言います。憧《あこが》れと尊敬の目で見られるというのです。ですから、うたごえ酒場でこの歌を囚人が逃亡しているような物悲しい歌い方で歌っていることに違和感を持ったと内村さんは書いていました。

ラスコーリニキと呼ばれる人たちも、ロシアの帝国主義的な国家政策や徴兵制に反対して、土地を捨てて放浪したわけです。そのため、彼らは「放浪教徒」という別名を持っている。この人たちはロシア正教の分離派で、イスラム教のシーア派に似て内面的で、くよくよしがちで、頑《かたく》なで、戦争に反対する平和主義者です。分離派とか古儀式派とかいう蔑称《べっしょう》で呼ばれることもありますが、彼らが流民化したわけです。

ものすごい人数のラスコーリニキが群れをなして国土を放浪すると、行く先々で村人たちが受け入れて宿泊させ、食事を提供する。そして、次の村に連絡をして送り出すのです。そんなふうにしてロシア中を放浪して歩く人たちがたくさんいました。

ラスコーリニキはやがて、ボルガ河の河畔で勃興した繊維工場で、労働者として働くようになる。つまり、ロシアのプロレタリアートになるのです。

ラスコーリニキには資本家も大勢いました。洋菓子のモロゾフも、元はラスコーリニキのモロゾフ財閥からきています。彼らは官吏や地主になれなかったので商業面で頭角を現したのです。

帝政ロシアには資本主義は育っていなかったと一般には言われますが、初期の資本主義はあったと私は考えています。ロシア革命を起こしたレーニンたち指導者の資金源はラスコーリニキたちの提供した資金です。ロシアの資本主義で労働力を提供したのもラスコーリニキです。彼らは古くから共同生活をしていた。そしてそのネットワークがソヴィエト（会議）と呼ばれたものだったのです。

越境する人々

旧ソ連時代、ボリショイ・バレエ団をはじめ、ソ連のアーティストが公演のために来日しましたが、あるとき、アーティストたちと一緒に京都に行こうという話になりました。それで、新幹線のチケットを買うとき、そのアーティストが「東京から離れるのに政府に申請書を出さなくてもいいのですか」と言うので、「いや、国内旅行は自由にできる」と答えると大変驚かれたことがあります。

ソ連では国内を旅行するのにも、いちいち政府に申請書を出して許可をもらわなければばならなかったのです。

そういう国家の厳しい管理下にあって、国境すらお構いなしで自由に横行して暮らしていたのが、かつてジプシーと呼ばれた人たちです。ロシアでは「ツィガン」といいます。「ロマ」とも呼ばれる彼らは、かつては馬や牛に乗って移動していましたが、今ではトラックに物資を載せて運んだり、サーカスの芸人として移動したりしています。彼らに対しては、ソ連政府もほとんど放任状態でした。その芸人たちが作ったサーカスの遺産を引きついだのが世界的に有名なボリショイサーカスです。

日本でも古代から中世にかけて、ジプシーのような人たちがいました。大道芸人や琵《び》琶《わ》法師、歩き巫女《みこ》、富山の薬売り、踊り念仏の放浪僧といった流動民です。ホモ・モーベンスというか、そういう流動民が大勢いて、日本列島を横行しながら情報や物資を供給して回ったのです。定住民が内臓とか骨格の役割を果たしたのに対し、流動民はその間を巡る血液やリンパ液の役割を果たしました。

表向きの街道には関所があって、源義経の一行も山伏に変装して関所を越えたわけですが、そんなややこしいことをしなくても、獣道や薬売りたちの道、間者が横行する間道など、山中には裏の道がたくさんあったのです。こうした裏道を、サンカを含め、ありとあらゆる人たちが自由に横行していました。

ところが、明治時代になって、政府が御料林を作り、山林を天皇の直轄地としたり、要塞《ようさい》を造るために立ち入り禁止にしたりしたため、裏の道の多くが分断されて通れなくなりました。このため、流民が横行しづらくなり、仕方なしに定住するようになっていったわけです。

一九五二年の住民登録の際、私たちは大学生でしたが、住民登録反対のデモをやったことを覚えています。反対した理由は、住民登録が徴兵制度につながるといわれたからでした。このときに当時の厚生省（今の厚生労働省）は新戸籍をたくさん作り、流民たちを戸籍に登録しています。

それまでは、戸籍を持たないサンカなど流民たちの集落が、あちこちにありました。関東では荒川《あらかわ》や入間川《いるまがわ》などの流域に点在もしていた。彼らは納税と兵役、義務教育という国民の三大義務を逃れていたのですが、このときに戸籍に組み入れられました。

このときにどういう人たちがどのくらい登録されたのか知りたくて、データを公開してほしいと厚生省に掛け合ったことがあります。人権の問題から公開できないと断られましたが、ずいぶん多くの無籍の人びとが新戸籍に入ったのは間違いないでしょう。

国民の三大義務が履行されないと国家は成り立たないので、政府としては当然の行為と言えますが、このときまで日本には戸籍とも縁のない流民がかなりの数で暮らしていたのです。そういう旅役者や祭文語《さいもんかた》りなどの流民たちが日本列島を横行して、決まった土地に定住している農民や町民の間を巡っていたわけですが、やがて住民登録によって定住に追い込まれたのでした。

セイタカアワダチソウ

越境者ということで思い浮かぶのが、セイタカアワダチソウです。

戦後、どこからともなく日本に入って来てものすごい勢いで繁殖し、一時期は日本中がセイタカアワダチソウに占領されるのではないかという危機感が広がったほどでした。

セイタカアワダチソウは北米原産の外来植物で真っ黄色の花を咲かせ、ゴールデン・

ロッド（黄金の鞭《むち》）と呼ばれていました。とにかく異常なまでの繁殖力を持ち、ススキなど在来の植物の生えているエリアに入り込んでくる。背が高いので日陰を作って枯らしたり、毒素を出したりして周囲の植物を根絶やしにしていきました。

奈良の都も一時、真っ黄色なセイタカアワダチソウの海の向こうに法隆寺《ほうりゅうじ》と五重塔が顔を出して見える有り様で、私は雑誌に「大和《やまと》あやうし」という文章を書いたぐらいです。

このため、自衛隊が火炎放射器で焼き払い、市町村役場はセイタカアワダチソウを刈り取って来たら一束いくらかの奨励金を出すなどして退治に躍起となりました。

九州ではずいぶん前から繁茂していて、筑豊にも多かったですが、しだいに東上し、京都や奈良にいき、やがて関東へと移っていきました。ススキに覆われていた利根川《とねがわ》沿いの河原などは真っ黄色に変わりました。その後、東北地方から北海道に渡り、札幌《さっぽろ》から新千歳《しんちとせ》空港に至る沿道も真っ黄色になっていた時期があります。

私は「セイタカアワダチソウは故郷をめざす」という一文を書いたことがあります。

つまり、この北米原産の外来植物はやがて北海道から千島《ちしま》に渡り、アラスカを経て原産地である故郷に帰ろうとしているのではないかという仮説です。

ところが、面白いことにある時期からセイタカアワダチソウの背が低くなってきました。そして、やがてススキなどと共存するようになります。これは植物学的には「馴《じゅん》化《か》」と呼ばれる現象で、その土地に合うように自分を変えることです。

つまり、それまでのように傍若無人に生い茂り、他の植物を根絶やしにしていたのでは、敵視されて人間に火炎放射器で焼かれたり刈られたりしてしまう。それではこの国では生きていけないという危機感からか、身を屈して背の低いタイプに変身したのです。

トルコのイスタンブールで、かつてオスマン帝国の王たちが暮らしていたトプカプ宮殿を訪ねたことがあります。その宮殿の一角に妃《きさき》たちが暮らすハーレム（後宮）があって、そこからボスポラス海峡が見渡せるのですが、そこの庭にススキの穂が揺れているのを見て、不思議な気持ちがしました。ススキとお月見と言えば、日本独特の風物と思い込んでいたわけですが、実は外来植物だったのかもしれません。

「ススキよ、おまえもか」という感じでした。

外国から入って来て同化するという歴史を振り返ってみますと、優れた国や土地から亡命してきた優秀な人間は大事にするけれども、格下の国や土地から来た人間は粗末に扱うという区別があったかもしれないという考えが浮かびます。

もしそうだとすると、先進国であるアメリカやフランスからやってきた外国人に対しては、日本人は厚遇するでしょう。

かつて小説に書いたことがありますが、胡の付く言葉はだいたいシルクロード系の外来のものなのです。胡椒《こしょう》をはじめ、胡瓜《きゅうり》、胡桃《くるみ》、胡弓《こきゅう》、胡蝶蘭《こちょうらん》、胡座《こざ》、胡酒《こしゅ》、胡姫《こき》。胡座というのはあぐらのことで、テント生活を送っている遊牧民族の座り方です。胡酒はワインのこと、胡姫は出稼ぎに来ている外国女性のことで、たとえば日本のフィリピン人パブで働いている女性などでしょうか。

これらはすべて外来種ですから、人間にすれば難民・移民に当たります。

そう考えると、日本民族の純血などというものもススキと同じような幻想にすぎないのかもしれません。そうであれば、移民を制限する意味などあるのだろうかと思ってしまいます。

私たちは戦争中に軍歌のなかでも「同期の桜」を好んで歌いました。「咲いた花なら

散るのは覚悟　みごと散りましょ　国のため」などと大声で歌ったのですが、日本のシンボルである桜もバラ科の一種です。もしかしたら、外国から流れ着いて、この国で馴化した「移民」の一族かもしれないなどと思うのです。

京都は日本の中の異国だった

『方丈記』で名高い鴨長明《かものちょうめい》は、一言でいえば、当時のヒッピーです。

今で言うとエレキギターのような最新の楽器だった琵琶に熱中していました。外来の楽器や道具は九州に多く流れてきますから、琵琶も薩摩琵琶とか筑前《ちくぜん》琵琶とか、九州が本場でした。だから、鴨長明は、九州にいる名人のところに行って入門しようかとまで考えたようです。

あちこちで演奏を披露しているうちに、秘曲と言って公式の場でしか演奏してはいけない「流泉」や「啄木《たくぼく》」などの曲を興に乗って演奏してしまった。その失態を咎《とが》められて、出世栄達の道を断たれたのです。

この当時の京都は国際都市で、薬師寺《やくしじ》にしろ南禅寺《なんぜんじ》にしろ、赤や緑、金色などで極彩色に彩られていました。

その寺の本堂から流れてくる読経は梵語《ぼんご》や漢音であり、町の酒場に行くとシルクロード渡来の胡酒も置いてあった。ひょっとしたら胡姫が踊る店があったかもしれません。祇園《ぎおん》祭の鉾《ほこ》や山車《だし》に胴掛けとか前掛けと言って大きな布が掛かっていますが、あれはシルクロード経由のペルシャ絨毯《じゅうたん》も多かった。

つまり、京都は日本の中の異国だったというのが私の説です。私が旅した場所で言うと、京都の町の風景はどこか韓国の慶州《キョンジュ》と似ています。

寺は赤・緑・金色の極彩色で、音楽は琵琶が奏でられ、僧侶《そうりょ》たちは同じ恰好《かっこう》の袈裟《けさ》を身に纏《まと》い、読み上げる読経は梵語や漢音でした。しかも、書き記す文字は漢字ですから、もう国際都市そのものです。

西陣織《にしじんおり》で有名な西陣は朝鮮の秦氏《はたうじ》が渡来してつくった町で、織物の技術も朝鮮伝来のものです。西陣では織物が廃れかかったとき、フランスのリヨンに若い後継者たちを送り込み、リヨンの織物装飾を学ばせて、機械と一緒に持ち帰らせました。この技術によって西陣織は復活したといわれます。あるいは、戦後は戦後で売れ行きが停滞したとき、織物のデザインにコンピュータ・グラフィックスを採り入れています。京都はこういうふうに最先端の技術を採り入れながら、伝統的な文化を守ってきたわけです。

京都にあるレンガ造りの疏水《そすい》も、明治時代にゴッドフリード・ワグネルというドイツ人技師を呼び寄せて造らせたものです。ワグネルは器用な人で、絵付けに化学染料を使う技術を教えて、廃れていた清水焼《きよみずやき》を復興させています。

京都は日本の中の異国であり、いわば前衛都市ですから、戦後も映画が製作される地になりました。江戸時代初期には出雲《いずも》の阿国《おくに》が始めた阿国歌舞伎《かぶき》が賀茂《かも》の河原で上演され、人気を集めました。

その当時、地方から上京して東寺《とうじ》の五重塔を見た人はビックリしたと思います。今でも目立つぐらいの高層建築ですから、当時にしてみれば、もう目を見張るような高層建築だったのではないでしょうか。一一世紀から一三世紀にかけて、京白河《しらかわ》の法勝寺《ほっしょうじ》には八角九重塔が建っていたといいます。雷が落ちて焼失してしまいましたが、五重塔を上回る高層建築で、当時の人たちを驚かせたと思います。

こうした異国の文化が丸ごと入ってきたのが京都であり、こちらから招聘《しょうへい》して来てもらった人や政治的難民として逃亡してきた人がたくさんいました。そういう人たちを喜んで受け入れて、京都の町は経済的にも文化的にも栄華を極めたのです。

違う文化を尊重し、吸収する

長い目で歴史を振り返ってみると、日本は難民や移民を排除せずに受け入れてきた国です。ですから、日本人の純粋さや民族の純潔にこだわっている人は歴史を見ていないように思います。むしろそこを誇るのがデラシネの時代の日本人であり、日本のあり方ではないか。

たとえば、比叡山延暦寺《ひえいざんえんりゃくじ》を建立した天台宗《てんだいしゅう》の開祖・最澄《さいちょう》は日本の宗教家のなかで五指に入る聖人ですが、出自は渡来系だと言われています。また、比叡山を下りて一介の聖《ひじり》となり、念仏を広めた浄土宗《じょうどしゅう》の宗祖・法然《ほうねん》も、母方が渡来系の血筋だと言われています。日本を代表する日本人のなかにも渡来系の人がいて、例を挙げていけばきりがありません。

あるいは奈良の唐招提寺《とうしょうだいじ》は日本を代表する名刹《めいさつ》で、日本の心の故郷であると指摘する人もいますが、唐《とう》から渡来した鑑真《がんじん》が建立した寺で、文字通り唐代の中国から招提したものです。京都の宇治《うじ》にある黄檗宗《おうばくしゅう》の萬福寺《まんぷくじ》も明《みん》から渡来した隠元《いんげん》が建立した寺です。

江戸時代の鎖国についても、完全に交流が遮断されていたわけではありません。外国船が就航できる公的な港が長崎のほかにもいくつかあったようです。たとえば薩摩藩では琉球《りゅうきゅう》や、それを介した明や清《しん》との密貿易によって藩の経済を支えていました。

こうして具体的な例を見てくると、この国の人々が異国の人々を尊重し、吸収してきた歴史を見出すことができます。そこにデラシネの時代の日本のあり方のヒントがあるように思います。

第三章　デラシネの思想

負のイメージで語られてきたデラシネ

これまで五十年あまりの作家生活のなかで、ずいぶん雑多な小説を書きました。自分でも呆《あき》れるほどの統一感の無さですが、私自身そのことを負い目には感じてはいません。「雑であること」と「同時代的であること」が、私の物書きとしての初心にあるからです。流行歌と同じように、一回性の物語を書く。夏の夜の花火のように、一瞬、夜空に開いて消え去っていく。時代が変われば後に何も残らない。第一作品集『さらばモスクワ愚連隊』のあとがきでそう宣言したのが一九六七年のことです。三十代という若さの気負いもあったのでしょう。しかし、不言実行ではなく、有言実行に踏み切ったのも、六〇年代という熱気ある時代の反映かもしれません。

そんな雑多な作品群のなかで、もっとも短期間に書きあげ、発表したのが『デラシネの旗』という小説でした。毒舌をもって鳴らす女優さんに、あんたの『タラチネの旗』

読んだわよ、などとからかわれたりもしましたが、思いがけない反響もありました。表紙のカバー袖《そで》に添えられた埴谷雄高《はにやゆたか》さんの推薦文の御利益のせいだったかもしれません。結構辛辣《しんらつ》な批判のほうが多くはありましたが、それも反響のうちとうれしかったものです。

一九六八年の夏、いわゆる「パリ五月革命」という争乱事件がありました。一九五二年の「血のメーデー事件」と同じく、今ではほとんど忘れ去られた出来事です。しばらくその渦中にあってボーザール（美術学校）にまぎれこんだ体験をもとに、帰国後、一気に書きあげたのがこの作品でした。

その後、一時期、デラシネという言葉がなんとなく流行《はや》ったことがありました。しかし、そのデラシネの使われ方は、私のデラシネ観とはどこかずれていたような気がするのです。

元は「根なし草」とか、「流れもの」といった意味で使われることが多い言葉でした。そこには故郷や国家といった根を喪失した、コスモポリタンといったような、負のイメージがあったように思います。

私のいうデラシネとは主に「追放された人びと」のことですが、そこには「属する世界から強制的に追われた人びと、脱出せざるをえなかった人びと、追われた人びと」のイメージがありました。それと同時に、追放されたことを被害としてだけではなく、追われた場所で自立する「落地生根《らくちせいこん》」の主張もありました。

菅原道真のように望郷の思いに涙するのではなく、その状況に生きる「デラシネの思想」を、かすかに夢見ていたのです。

フランスデモにみる移民への嫌悪

強烈に印象に残っている映像があります。

あっというまに過去の事になってしまった感のあるパリのテロ事件の時の話です。ムハンマドを戯画化したことで、ある雑誌社の編集部がテロの被害に遭い、そのことが大きな国民的波紋を呼び、テロに反対する大デモがパリでおこなわれました。デモの参加者が、それぞれ一本の鉛筆を持ち、「私はシャルリ！」と叫びながら行進したのです。

正確な数は忘れましたが、ものすごい数の参加者を集めた大デモでした。テロ反対、言論の自由を守れ、という市民のデモではありましたが、どこか異様な雰囲気が漂うものだった印象があります。

というのは、デモというのは、本来、体制側に批判的な市民、労働者、学生たちがおこなう示威行動です。過激なデモもおだやかなデモもありますが、一般に体制と対峙《たいじ》しますます。したがって警官隊がそれをコントロールし、私服が監視、確認するのが常です。

一九六八年のパリ五月革命の時は、左岸の舗道の敷石はすべてはがされ、デモ隊によって警官隊に投石されました。

「敷石の下は海だ！」

という当時のポスターのコピーは、若い学生たちを熱狂させたものです。最初は警官隊が催涙弾を使って応戦していましたが、やがてドゴールの命令でアルジェからパラシュートが送りこまれました。完全武装のエリート戦闘集団で、当時のパリ左岸は、さながら戦場のような様相を呈していました。

いたる所で車が燃え、銃声がしきりに響き、警官隊とデモ隊は、ほとんど市街戦のような激闘をくり返していたのです。

それから四十数年が過ぎ、再びパリに国民的デモがおこなわれました。私が見た映像は、その時のものです。

そこでは各国の政府指導者が腕を組んで隊列の先頭に立ち、警官隊がデモ隊をガードし、道筋のビルの屋上にはスナイパーが配置されている様子が映っていました。

なかでも私にショックをあたえたのは、デモ隊に参加している学生のようにみえる若い女性が、花束を警官隊に捧《ささ》げる場面が映っていたことです。

国民的デモを警官隊がガードし、その警官にデモ隊員が花束を贈る。フランス国民が一体となってテロに反対する感動的な映像ということもできるかもしれません。しかし、そのデモの背後には、フランス国民の一体性を阻害する異邦人、移民への反感、そして微妙に隠された反セム意識（ユダヤ人への嫌悪感）が感じられました。フランス国民のナショナリズムの熱い波動が目覚めたようにみえたのです。

根なし草を批判したモーリス・バレス

ナショナリズムというのは、地下のマグマに似ています。地表に噴出する現象がおさまっても、それは一時的で、地下深くに脈動して絶えることがない。そして周期的に噴火する状況をうかがっている。

さきほど述べたように、二〇一五年一月日曜日のパリの国民的大行進は、驚くべきものでした。政府のお偉方や、子供や、警官などを含め、数百万人の大デモで、政・教・官・民、そしてマスコミも全面参加して国民一体の行進が繰り広げられました。そこには熱狂があり、国家と国民が一体となった集団的陶酔も垣間《かいま》見《み》えます。エマニュエル・トッドは、それを「集団的ヒステリーの発作」と呼びました。

ヒステリーにも原因がある。発作には根がある。ナショナリズムは地下のマグマである。くり返し噴出して、世界に大きな影響をもたらすのです。

ここでモーリス・バレスという名前を思い出してみてほしいのです。このところロシア文学と並んで、さっぱり話題にならないフランス文学ですが、バレスもまた忘れ去られた作家の一人です。

私はフランス文芸界に関しては、まったくの門外漢です。フランス語もチンプンカンプンで、翻訳もほとんど読んでいません。ですが、なぜかモーリス・バレスという名前だけは記憶にありました。ひょっとしたら戦時中に皇道哲学者を気取っていた父親の本棚に、訳書の一冊でもあったのかもしれません。

ものの本によると、モーリス・バレスは一九世紀末から二〇世紀にかけて、かなり著名な存在だったようです。当時の文壇のスターだったアンドレ・ジッドと並び称される有名作家でした。作家、政治家、ジャーナリストと、多様な顔をもつバレスが、フランスの知的指導者として活躍していたと知ると、へえ、と思うのが私たちの世代です。レオン・ブルムやアンドレ・マルロー、ルイ・アラゴンなどからも一目おかれる存在だったといいます。

その彼の——代表作といっていいかは判断に迷いますが——大作の一つに『Les Déracinés』（デラシネ）があります。これは「国民的エネルギーの小説」の第一部として一八九七年に刊行され、「根なし草」とか「根こぎにされた人びと」などと訳されて、日本でも話題になったようです。

この作品の発表とともに、バレスは一躍、フランス・ナショナリズム運動の精神的指導者とみなされるようになりました。そして、ジッドらによるバレスへの批判と、その反論がフランスのジャーナリズムを沸騰させたのです。

「根なし草」から「根こぎにされた人々」へ

モーリス・バレスが活躍したのは、第一次世界大戦の頃です。国民の栄光をうたいあげ、当時は「青年たちのプリンス」と称された存在で、ナショナリズムを鼓吹し、時代の寵児《ちょうじ》として絶大な影響をあたえました。

祖国、故郷、伝統、それらに根付くものがバレスの理想像であり、そこから逸脱した者たちが「デラシネ」、根なし草でした。移民も、外国人も、ユダヤ人も、社会主義者やアナーキストもデラシネです。

彼の考えはこうです。

「人間の存在は、生まれ育った共同体と父祖から受けついできた伝統に深く規定されている」

バレスは反ドイツ、反ユダヤでありつつも、一方では高い評価を得ていました。ノーベル文学賞作家であるアナトール・フランスは、彼のことを「新世代の旗手」扱いしています。コスモポリタンや漂流者たちは「デラシネ」であり、大事なものを喪失した「根なし草」である、その根とは祖国であり、故郷であり、伝統である、と。

ジッドは彼の思想を批判し、おおよそ次のように記しています。

・ちがう土地に生まれた両親のもとにパリに生まれた私は、どこを故郷と呼んだらいいのか。私は漂流する者の味方だ。
・故郷から根を抜くことは、その人のあたう限りの精神力を必要とする。
・あなた自身、故郷を離れてパリにこなかったなら、あなたはこの小説を書かなかっただろう。

寺山修司ではありませんが、ジッドはそこで「根を抜け、故郷を離れよ」とまで言っています。

ジッドの批判に同調する者もいた一方で、それに対する反論も多々ありました。「ポプラ論争」といわれる激しい批判合戦は、フランス文学の当時の熱いエネルギーを感じさせるものです。

いずれにせよ、「デラシネ」という言葉は、大きな話題を呼びました。バレスの使い方では、それは「根なし草」「祖国と故郷を失った雑草」というイメージです。

しかし、すでに見捨てられたかに見えるバレスの言葉が、私にはちがう視野をもたらす新鮮なものとして感じられたのが一九六〇年代でした。

現代のデラシネとは、みずから母国や故郷を捨てた「根なし草」ではなく、むしろ巨大な圧力によって「根こぎにされた人びと」ではないか。ソ連時代に強制移住させられた数十万、いや数百万人のデラシネたちがいる。それにもまして二〇世紀は無数の難民と追放者を生みだしている。「根を失った」のではなく、「根こぎにされた人びと」の状況がデラシネではないか。そのように考えたのです。

生きる思想としてのデラシネ

私が『デラシネの旗』を別冊文藝春秋に発表したのは、一九六八年の十月でした。単行本として刊行されたのは翌年の秋です。

その頃、私は熱にうかされたようにスペイン戦争について雑多な文章を書き散らしていました。当時はスペイン戦争といっても、ほとんど忘れられた戦争で、スペイン内乱と呼ばれていたと思います。

その前年、一九六七年から週刊文春で連載した『裸の町』は、共和国人民軍が武器調達資金として海外に持ち出した大量の金をめぐるミステリーです。

この『裸の町』にはじまって、その後いろんな「スペイン戦争もの」を書きました。同時に『デラシネ草紙』の連載、『デラシネの夜の終りに』といった仕事も並行してやりました。私にとってスペイン戦争とは、単なる内戦ではありません。それは代理戦争であり、その後の第二次世界大戦の予告篇であり、同時に世界中からの義勇兵が参加したデラシネの戦争だったのです。

一九三六年に始まるスペイン戦争は、国外から多くの人びとが参加した戦争で、ドイツ、イタリア、ポルトガルなどはフランコのファシズム軍を支援し、ソ連その他の社会主義国、また自由主義諸国からは多くの知識人、労働者らが続々と反フランコ側に加わりました。人民戦線側に加担した彼ら異邦人たちは、戦後それぞれに四散し、悲劇的な運命をたどります。カザルスもデラシネとして国外にのがれ、同じくパリのデラシネであったピカソは、ゲルニカの悲劇をモニュメントとして描きました。

第二次大戦後、植民地アルジェリアから引き揚げたカミュらは、本国のフランスでピエ・ノワール（黒い足）と呼ばれました。『異邦人』は、デラシネの文学であると言ってもいいでしょう。

林達夫《はやしたつお》さんはどこかの文章で、「移植された植物は、生地に育った植物より強い」といったことを書いていました。私はその言葉に励まされて、デラシネを「漂流者」と考えたのです。漂流はみずから選んだ道ではありません。暴風によって難破させられた者たちが漂流するのです。けれど、そこで泣いたり、運命を呪ったりしたところでどうなるというのか。漂流する者は、その状況を受け止めて、みずから生きるしかありません。

私はデラシネという言葉を、バレスとは反対に、生きる思想として考えたのです。

日本人もまたデラシネである

歴史をふり返ってみると、強制移住者、追放者、移民、引揚者、亡命者などの存在が無数に浮かびあがってきます。生活苦のために故国を捨てた人びとが新大陸をめざし、その地の先住民たちが追われてデラシネ化する。デラシネがデラシネを生んだ歴史がアメリカの建国ともいえます。

有史以来、日本列島に移住してきた大陸、半島の人びとによってこの国の文化は成熟しました。文字や技術が勝手に海を渡ってきたわけではありません。文字や技術を持つ人びとが到来して、日本人のカルチュアを豊穣《ほうじょう》にしたのです。唐招提寺の鑑真によって戒律は伝えられ、萬福寺の隠元によって臨済宗《りんざいしゅう》の禅は始まります。織物、焼物、建築をはじめ、人が技術を手にして迎えられたのです。逆に近代にいたって多数の日本人が、知識と技術を身につけてアジア各地に進出しました。そしてある者は棄民となり、ある者は引揚者となり、ピエ・ノワール、「黒い足」となりました。

シリアをはじめ戦火に追われた大量の難民が欧州に流入して世界を震撼《しんかん》させたのは、二一世紀の最大の問題です。彼らは現地で「黒いバッタ」と呼ばれています。

移民と難民、つまりデラシネこそが、英国、フランス、ドイツ、そしてアメリカの最大の課題でしょう。熱いマグマのようにふくれあがるナショナリズムの根底には、この「根こぎにされた人びと」への恐れがあります。

難民は「根なし草」ではありません。戦火と政治によって暴力的に「根こぎに」された人びとです。「故郷を捨てた」のではなく「故郷を追われた」人びとなのです。

それはとりもなおさず二一世紀に生きる私たち現代人の運命ではないか。

日本列島に住んでいる。盆や正月に帰るべき故郷がある。そのことで私たちはデラシネではない、と安心することができるのでしょうか。

はっきり言ってしまえば、この国は敗戦以来、いまだに異国です。漢字研究の大家で亡くなられて久しい白川静《しらかわしずか》さんは「この国は附属国である」と言いました。「附属国」とは、いわゆる「属国」のことです。主権なき国家は、祖国のように見えて本当の祖国ではありません。そこに住む私たちは、すべて異邦人なのです。

モーリス・バレスは負のデラシネを語りました。一方で、私はデラシネの自覚を通じて、それを生きるエネルギーとして考えてきたのです。今世紀は、デラシネの時代です。本国も植民地もない。移民も本国人もない。グローバルな意味で、すべての現代人がデラシネなのです。そこに自立の志を見出《みいだ》さない限り、二一世紀に希望はないように思います。

「落地生根」の心意気

筑豊は近代日本のエネルギー源として北九州の一角に築かれた炭鉱地帯でした。そこはかつて豊後《ぶんご》百姓と呼ばれた農民たちの平和な田園地帯であり、明治以後、財閥や玄洋《げんよう》社《しゃ》などの開発によって巨大な炭鉱地帯が成長します。

日本海海戦でロシアのバルチック艦隊を撃破した連合艦隊も、巨大な鉄の王国、八幡製鉄も、筑豊からの石炭によって支えられてきました。

筑豊は大量の労働力を必要としたため、そこに送りこまれた労働者たちは、文字どおり近代日本のデラシネの大群です。徒刑者たちがいて、朝鮮人がいて、農村を追われた無数の農民たちがいました。都会から職を求めて流入する労働者たちや、技術者や、経営者たちもいました。戦時中は外国兵捕虜もいたようです。それらの人びとの連帯感と危険な現場の状況から、独特の相互扶助の精神が生まれてきたのです。

煙突が煙を吐き、ボタ山が乱立し、水運から鉄道が発達する。炭住と呼ばれた労働者の長屋には、陰湿な日本的風土から吹っきれた、爽《さわ》やかな同志的結合の気質が育《はぐく》まれます。筑豊は国家のエネルギーの王国であると同時に、働く者の活気にみちた共和国、デラシネの故郷でもあったのです。

戦後、エネルギー政策の転換とともに、石炭は石油にとって代わられます。合理化が進められ、閉山が相次ぎ、歴史的な労資の激突がくり返され、やがて国家と資本によって筑豊は姿を変えました。水没した炭鉱と、廃坑の跡がそこに残りました。ボタ山はなだらかな緑の丘と変わり、そして、おだやかな田園都市として今、新しい道を模索しつつあります。

その地に生きた無数の炭鉱労働者には、北海道の炭鉱に集団移住したり、ラテンアメリカやドイツの炭鉱に職場を見出して旅立ったりした人びともいました。そんな元筑豊で働いていた人びとの現状を知ろうと、ブラジルやアルゼンチン、そしてドイツで何人かの人びとと会ったことがあります。

「筑豊が懐しいですか」

と、たずねた私に、彼らは笑ってこう答えました。

「わしら炭坑夫にとっちゃ、炭鉱のあるところがどこでも故郷ですけん」

落地生根。

それがデラシネの心意気なのだと、つくづく感じさせられたのです。ボタ山のあるところが故郷である、というさっぱりした精神こそは、筑豊の生んだ川筋気質。それがデラシネの思想なのです。

世界はデラシネの坩堝

世界はデラシネの坩堝《るつぼ》です。アメリカ合衆国に奴隷貿易で送られたアフリカ系アメリカ人だけがデラシネではなく、アメリカ人はすべてデラシネなのです。ガーシュウィンも、ボブ・ディランも、サローヤンも、すべてデラシネの末裔《まつえい》といえるでしょう。

加賀百万石の金沢には、かつてキリスト教禁教時代に吉利支丹《キリシタン》の人びとの収容所がありました。浅野川《あさのがわ》ぞいの卯辰山山麓《うたつやまさんろく》です。生活に窮した彼らが、川で獲《と》ったドジョウを焼いて、ひそかに売り歩いたというドジョウ焼きが今でも地元の名物としてテレビで紹介されることがあります。島原を追われた彼らも、また信仰のデラシネでした。日露戦争のときには、兼六園をはじめ、各所にロシア兵捕虜の収容所がありました。野田山《のだやま》の墓地には、ロシア兵をとむらう公共の墓地もあります。彼らもまたデラシネの一族だったのです。

旧満州に送られた日本軍兵士たちも、戦後、ソ連の捕虜としてシベリアへ送られました。戦前、樺太《からふと》へ移住した人びとは、戦後、引き揚げに数多《あまた》の苦難を体験します。彼らは二重のデラシネとも言えるでしょう。東日本大震災は、さらに数多くのデラシネをうみだしました。施設に暮らす無数の高齢者は、さらに増加の一途をたどるに違いありません。国外からの難民に悩むヨーロッパにくらべて難民問題に直面していないように見えるこの国は、まもなく未曾有《みぞう》の国内難民問題に直面せざるをえないのです。

世界はデラシネ化しつつあります。「兎追いしかの山、小鮒《こぶな》釣りしかの川」など、私たちにはすでにないのです。

私は九州の一角に生まれ、物心つかぬ内に植民地に移住しました。そして最初に述べたように戦後、その地を追われて故国へ帰国することになりました。三十八度線を徒歩で越え、開城の米軍難民キャンプに収容されたのち、リバティ船で仁川から博多へと送られたのです。やがて上京し、その後、北陸に住み、いまは横浜に居住しています。

デラシネという言葉に突き当たったとき、私は自分を素直にデラシネの一員と感じました。そして、モーリス・バレスのような解釈をして、それを負の運命として考えるのをやめたのです。

いま、私たちはすべてデラシネなのです。愛する故郷に生きていたとしても、その故郷そのものが列島の中でデラシネ化しています。であれば、都会もまたデラシネの収容所にすぎないともいえます。

新しい国家主義の時代を生きる

定住者と移動者を、かつて私は内臓と血液にたとえたことがありました。この国もかつては流動する人びとが各地を漂流して、列島を活性化していたのです。「まれびと」がそうであり、遊芸の徒がそうであり、職人、山師、猟師、漁民、俳人、商人、画家などが血液のように列島を循環して経済とカルチュアを活性化していたのです。

関所を通過せずとも移動は簡単でした。山野にはあらゆる私道が張りめぐらされていたからです。けもの道、塩の道、薬商人の道、犯罪者の道、落人《おちゅうど》の道、さらにカッタイ道と称された病者の道もあり、信仰の道もありました。私道というより秘道というべき道が、縦横に張りめぐらされていたのです。

それらの動脈、静脈にも比すべき道は、やがて明治国家の成立とともに分断されます。御料林や要塞《ようさい》、軍事的目的のための列島整備によって、ほとんどの抜け道は失われました。

軍事大国は徴兵、課税、義務教育の徹底のために戸籍を完備し、定住化をすすめます。

政策としての国民定住化がおこなわれたのです。

しかし、いま地球的規模でデラシネ化が進んでいることは、だれも否定できないでしょう。

民族浄化、という行動もその反動の一つです。

第一次世界大戦にはじまって、スペイン戦争も、朝鮮戦争も、ベトナム戦争も、ボスニア・ヘルツェゴビナの戦争も、中東の戦争も、すべて内戦が代理戦争に展開した戦争です。そのたびに無数のデラシネが発生します。それらの人びとを「黒い足」「黒いバッタ」として蔑視《べっし》することなど、とうてい不可能な時代に入っています。

それはまた無数のデラシネの側にも、新しい生きる思想を必要とするでしょう。デラシネの運命を被害体験として受けとめるだけでは明日はありません。

デラシネの世界は、「純」ではなく「雑」を土台とします。「単一」ではなく「複合」を前提とします。一神教と一神教が同居する世界です。言語も多様化します。「常民」ではなく、「雑民」の時代が幕を開けたのです。当然、その流れに反対するアクションと主張もまた激化の一途をたどります。

新たな国家主義、国民主義は、形を変えた姿で隆起するでしょう。それがまた新たなデラシネを生むことにつながります。そのような時代において、被害としてのデラシネ意識から、二一世紀を生きる思想としてのデラシネの思想がいま求められているのです。

第四章　異端の意義

流離したもののつよさ

〈移植された植物のほうがつよい〉という林達夫さんの言葉は、私にとって一つの啓示でした。

最初からその地に生まれ育ったものより、故地を離れて流離したもののほうがつよい。ここでつよいというのは、強国とか強者とかいった語感ではなく、靭《つよ》い、という字を当てたほうがぴったりきます。

〈靭《じん》〉とは「強くて弾力に富むの意」と白川静さんが編纂《へんさん》した『字統』にはあります。この「弾力に富む」というところがミソです。

デラシネとは、単に流離するもの、の意ではない、と私は強調し続けてきました。それは一見、みずから放浪を求めて出離するもののようでいて、そこには必ず迫害と苦しみからの脱出がモチーフとなっています。

　わが国における流民たち、すなわち遊芸人や職人、その他の非定住民たちもそうであることは言うまでもありません。そもそも文化、文明というものは、流離、転位することで成立し、成熟するものではないか。日本文化の土台となった漢字をみても、そのことは自明の理のように思われます。

　私が外国で自分の名刺を渡すとき、「これは日本の文字ですか」ということをよく聞かれます。「そうです」と答えたあとで、どこか言い訳がましく「カンジという文字で、古代に中国から渡来した字が定着したものです」とつけ加えることがたびたびありました。

「かな文字」にしても、そもそもは漢字をもとにして生まれ発展したものです。「かな文字」は「仮の文字」であり、「真字」は漢字とされました。「本当の文字」の意味です。

　ドストエフスキーも、ゴーゴリもロシア語で作品を書きました。ロシア語の文字はキリル文字です。このロシア文字は、ギリシャ文字をもとにしてギリシャ人宣教師キュリロスが作ったといわれます。いわば文字のデラシネです。世界中のほとんどの言語や文字も多かれ少なかれデラシネ文字と考えることもできるでしょう。

言葉や文字は、文化の土台です。文化とはデラシネであり、移植されたものです。音楽も、建築も、美術も、スポーツもまたそうです。相撲も、サッカーも、野球も、デラシネの文化であるでしょう。

アジア各地で花開いた仏教

デラシネなどという言葉と、一見いちばん遠いところに在るような気がするものに、宗教があります。

「南無阿弥陀仏《なむあみだぶつ》」

というような言葉は、すでに私たち日本人の血肉と化しているような表現です。俗に「ナマンダ、ナマンダ」とか、そういう口調で宗派をこえて誦《しょう》されるのが念仏です。

念仏といえば、仏教。

仏教もまたデラシネの宗教、と言えば、奇異に感じられるかたも少なくないかもしれません。

しかし、あらためて考えてみると、仏教は古代インドのブッダの教えによって成立した宗教です。この宗教は七、八世紀にインドで衰退し、アジア各地に移植されて広まりました。

わが国に渡来したのは六世紀中頃、朝鮮半島経由で伝来したとされます。まごうことなき渡来系、デラシネの文化です。やがて日本列島に根づき、独自の日本仏教として変質しつつ成熟したのは周知の通りです。

古代から中世まで、半島・大陸から渡来してきた多くのデラシネによって音楽、美術、建築、学問などが成立してきました。文化も産業も、知識や技術が渡来するのではありません。技術や知識を身につけた多くの人びとによって運びこまれるのです。

故国を追われた人びともいますし、みずから進んで訪れてきた人びとも、捕われて連行された人びとも、また招かれてやってきた人びともいます。それらはすべて故郷を離れた人びとであり、デラシネでした。

私は奈良の寺々のなかでも、唐招提寺が好きで、何度となく訪れています。言うまでもなくこの寺は、中国僧、鑑真を招いて戒律道場として創建された寺です。

私は以前、鑑真は独りで渡来してきたかのように錯覚していたのですが、実はそうではありませんでした。公認の僧になるための受戒は、十人の僧が立ち会わなければならず、したがって鑑真は十数人の中国僧をともなって集団で大和の地へやってきたのだそうです。招かれて東方の辺地へやってきた僧たちもまたデラシネであったといえます。

日本仏教はインドの仏教とはちがう。中国の仏教とも、朝鮮半島の仏教とも、タイやチベットの仏教ともちがう。インドに発して各地に移植された仏教は、さまざまな国で独自の仏教に変化しました。「ナムアミダブツ」の「ナーム」も、「アミータ」も、「ブッダ」も、古代インドから流れついた、いわば「デラシネ言語」なのです。

宗教と異端

宗教においては、オーソドックスに対して必ず異端と言われるものが出てきます。そういう異端は悪しきものであり、宗教の病気のように見られがちですが、私はそうではないと思っています。正統が正統であるためには異端が必要であり、異端が成立しないと正統もありえないというのが私の考えです。正統が主張されたとき、それに異を唱える人が出て初めて、オーソドックスが成立してくるのです。

たとえば、一七世紀になって帝政ロシアにも資本主義が未完成ながら生まれてきました。帝政ロシアが帝国主義をとるなかで、それまで国家と一線を画していた教会がロシア正教として統一されて国教となり、日本の国家神道のように国のなかに組み込まれていったのです。

その際にロシア正教の国教化に異論を唱えた信者たちが離れ、独立派を形成しました。ちょうどカトリックに対するプロテスタントのような恰好《かっこう》になっていますが、ロシアの場合、分離したのは古いスラブ的な要素を重視する守旧派であり、その人たちが異端と呼ばれました。

異端の人たちは当局から弾圧され、ときには拷問にかけられたり処刑されたりもしました。また移住を命じられ、シベリアやウラル・ボルガの彼方《かなた》に追放されたこともありました。そういう弾圧下で、絶望した信者たちが何千人単位で集団自殺した事件も起こります。

凄《すさ》まじい弾圧がおこなわれましたが、異端の人たちがデラシネとしてさまよい、集団移住したシベリアやウラル・ボルガの未開の地で自分たちの共同体を築き、お互いに助け合い、資金を融通し合ったりして暮らしました。そして、その追放された人たちが一九世紀になって繊維産業などの経済活動に乗り出したのです。

第二章でも触れましたが、この人たちのことを分離派、ロシア語でラスコーリニキと言います。ラスコーリニキは相互扶助のなかで貧しさに耐えてお金を貯め、資本を蓄積していきました。プロテスタントの場合には新しい派が資本主義の精神的な基盤となりましたが、ロシアの場合には国教となったロシア正教に反発する守旧派の人たちによって資本主義の芽生えになったわけです。

ドストエフスキーの代表作『罪と罰』の主人公がラスコーリニコフと言いますが、ロシア人の読者ならラスコーリニコフという主人公の名前を聞いただけで「あ、この主人公は異端の存在だ」とわかるわけです。ドストエフスキーがラスコーリニキに非常に関心を持っていたこともわかります。

イメージ療法を考える

三十年ほど前に大流行したガンの治療法にイメージ療法というのがありました。アメリカで考案された治療法で、心のなかに悪いガン細胞のイメージを描く。そのテロリスト集団みたいなガン細胞に向けてミサイルをどんどん発射し、次から次へと爆破して、ガン細胞が絶滅していく様子を頭のなかにしっかりと思い描くのです。そうやってガンが滅ぼされていくイメージを何度も繰り返し心のなかで思い描くと、ものすごく効果があるという治療法でした。

この療法で大前提になっているのが、ガン細胞は悪者である、異端である、だから叩《たた》き潰《つぶ》して抹殺しなければならないという考え方です。

しかし、私はこの考えとは違います。あくまでガン細胞も自分の細胞であり、自分の一部と考えています。ところが、自己増殖のブレーキがきかなくなり、タガが外れてブレーキが壊れた暴走機関車のように暴走してしまった。だから、何とか暴走を止めようと悲鳴を上げながら爆走している機関車のイメージなのです。

たとえば学校のクラスのなかで非行に走る少年が出たため、その少年を退学させたという場合、はたしてそれでいいのかということです。そうやって悪い部分を切り捨ててしまえば、それで問題は解決するのかという根本的な疑問があります。

同じようにガン細胞についても、敵として考えるのではなく、自分の細胞のなかにとても不運な細胞があり、悲鳴を上げながら爆走している。逃げ場を失って次から次へと転移したりしているというイメージで捉《とら》えた方がいいのではないでしょうか。

つまりは「ガンも体のうち」という考え方です。私とは関係なく、同じ考え方を言い出している人も少なからずいるように思います。

共病論

イメージ療法のような、病気を悪意ある敵ととらえる考え方の背景には、西洋的な世界観があるように思います。キリスト教やイスラム教などの一神教では、異教徒は敵ですから、敵を抹殺することは神の意志ということになります。ですから、ジハード（聖戦）も出てくる。そういう世界においては、病気というものは人間に害を及ぼす悪しきものなのです。

その一方で、悪い黴菌《ばいきん》が体を侵しているのが病気だという考え方だけではすまないことも明らかになっており、そこに共病論というか、病とともに生きる存在として人間を捉える考え方が出てきています。もちろん、難病に苦しみ、闘病している人たちは本当に大変だと思いますが、一方でどんなに健康な人間でも最後は必ず死に至る、「死のキャリア」であるという事実に変わりはないのですから、共病論が出てくる必然性があるのです。

こうした「健康主義」というべきようなものは社会においても根強く、世間一般で正しいと言われていることと違う意見は無視されたり徹底的に批判されたりします。

たとえば日本では原発はずっと安全だと言われつづけていました。元京都大学助教の小出裕章《こいでひろあき》さんや、作家の広瀬隆《ひろせたかし》さんらがずっと前から警告を発していましたが、東日本大震災以前にはそれほど注目もされませんでした。

「陰謀論」という言葉があります。常識を超える意見を出すと「それは陰謀論だ」などと言われたりします。しかし、歴史は陰謀を抜きにしては語れません。

日本の歴史を振り返ってみても、たとえば大和《やまと》朝廷が熊襲《くまそ》を征伐して九州を平定するときも、ヤマトタケルが女装して宴席に忍び込み、相手を酒に酔わせて刺し殺したわけです。この事件など陰謀以外の何物でもないですから、まさに歴史は陰謀で動いてきたと言わざるをえません。

そこまで遡《さかのぼ》らなくても、二・二六事件や五・一五事件など戦前の事件を見ても、現実として陰謀が張り巡らされています。

ですから、私は陰謀論者ではありませんが、陰謀説を必ずしも否定しません。

しかし、多くの人が陰謀説を警戒します。それは、そういった説のなかに自分たちの知性や思想の足元をすくうような、厄介なものが隠されていると思うからではないかとも思うのです。

戦時中の健康主義

太平洋戦争の最中はまさに異端を許さない健康主義でした。「産めよ増やせよ」が国のスローガンであり、職場でも学校でもみんな上半身裸になって天突き体操というのをやらされていました。「天突き体操、始め〜ッ！」という号令がかかると、「やるぞーッ」と気合を込めて両手を天に向かって突き上げるのです。

戦争中は国を守る立派な兵士になることが第一の目標でしたから、徴兵検査でもっとも評価の高い甲種合格になると胸を張ったものです。そういう軍事力としての健康がもてはやされましたから、病気の人はとても肩身が狭かったのです。

長期にわたって病んでいる人たちを社会から隔離するような空気が蔓延《まんえん》していたと思います。そういう状況下で、ハンセン病の患者の暮らしを描いた『小島の春』などという優れた作品が書かれ、人々によく読まれたものです。

戦時体制、翼賛体制の下では、病気というのは基本的に悪しきもの、マイナスとされていました。英米撃滅ではありませんが、医学も病気を撃滅する勢いで進んでいたと思います。ドイツでは世紀の祭典としてベルリンオリンピックが開催されましたが、そこでは健康美が賞賛されたわけです。

日本でも健康優良児が表彰され、学校では体操や教練の時間で体を鍛える教育がおこなわれました。極端に言えば、体の弱い者は非国民であるというような考え方の下、軍事力としての健康主義が推し進められたのです。

では、戦後になってそういう健康主義が一転したかというと、そうでもない。今度は経済復興が一大問題になり、生産力志向というか、高度成長を成し遂げるために二十四時間働ける強い体、体力のある労働者が求められ、経済力としての健康主義が推し進められました。その結果、やはり病気はマイナスのものとされ、病人がないがしろにされてきた感じがします。

経済成長信仰のなかで、病人が切り捨てられていく流れは最近また強くなってきているのではないか。生産労働年数の延長、つまり六十五歳から七十歳まで現役で働けという主張も強まっています。

下山の時代

しかし、下山の時代を迎えて、人口が減っていき、ありとあらゆるものが成長期を終えていくわけですから、経済成長が頭打ちになるのは自然なこと、当たり前なのです。

私は単に「衰えていけばいい」と主張しているわけではありません。人生には成長期もあれば、黄金期もあり、安定期もある。それからゆっくりと衰退していく円熟期もあるわけで、その時期をどんなふうに人間的に成熟して下山していくかが重要ではないか。下山して麓《ふもと》で憩えば、国家として、あるいは民族として次の登山が始まるだろうという考え方なのです。

ですから、国民総所得が減っていってもいいと私は考えます。しかし無限成長の幻想で「成長しない国は悪である」という風潮は依然として強く、私が二〇一一年に出した『下山の思想』（幻冬舎新書）は「成長率ゼロやマイナス成長でいいのか」とずいぶん批判されました。

しかし、そういう発想は大東亜共栄圏に向けて無限に発展していこうという戦前の日本と同じことではないか。

今の日本が抱える大きな問題の一つは、ますます加速して増大していく社会福祉の問題です。少子化で数が少ない若者世代に負担を背負わせて、高齢者がのうのうとしていていいのかという問題。だから、最近では「嫌老論」とか、老人を厭《いと》う「厭老論《えんろう》」まで出てきています。それでいいのかと嘆く一方で、気持ちはわからないでもありません。これまで三人の大人で一人の老人を養っていればよかったものが、一人で一人を養わなければならなくなり、いずれは一人で二人を背負わなければならなくなるのですから、若者たちにとっては考えただけでも憂鬱《ゆううつ》になるでしょう。

加齢に伴って老化し、病むことは必然ですが、昔は高齢者は温泉にでも入って、のんびりと過ごしていればよかったのです。ところが、これからは年を取っても働かなければならない。つまり、老化し、病を抱えながらも働き続けるわけですから、どうしても「病む力」が必要になってくるのです。つまり病を受け入れ、病とともに生きるという発想です。そもそも人間は誰もが死という絶対的な病を持って生まれてくる、「死のキャリア」なのです。

活力を失った都市

都市についても整然としてきれい過ぎて、人間の耐性が弱まるのと同じように活力を失っているのではないかと感じることがあります。

インドのカルカッタ（現コルカタ）のように表通りにすら人間の骸《むくろ》がころがっているところは例外としても、一見清潔に見えるスイスのチューリッヒとか北欧の都市でも、やはりゴミ溜《た》めのような場所があってホッとします。ニューヨークで言うと、ブロンクス。ギャングのエリートみたいな連中がブロンクス出身であることをいばったりしますが、そういう汚いけれども活力のある場所は必ずあります。

東京も二〇二〇年のオリンピックに向けて、さらにきれいな街になっていくと思われますが、戦後、焼け跡となった東京には三大貧民窟《ひんみんくつ》と呼ばれるスラムがありました。その頃への郷愁でしょうか、廃墟《はいきょ》となった東京や貧しかった頃の東京を懐かしむような風潮もあり、塩見《しおみ》鮮一郎《せんいちろう》さんの『貧民の帝都』（文春新書）などという本が読まれたりもしています。

健康と病気の二分論ではないけれども、都市についても明部と暗部に分けて暗部を隠《いん》蔽《ぺい》し抹殺するようなところがあります。オリンピックや国際大会が開催されるから表通りからバラックを撤去するみたいなことは、どの国でも昔からおこなわれてきたことだったと思います。

二〇二〇年の東京オリンピックにおいても、またそういった撤去がおこなわれるとすると、そのことがもたらすのは、無菌室で育った、健康のようでいてきわめて不健全な社会ではないかと思うのです。

第五章　揺れてこそ人間

大変動期に生きる

二〇一一年三月十一日に起きた東日本大震災から五年余りが経って、未曾有《みぞう》の事故がようやく落ち着きかけたかと思った矢先、一六年四月十四日から熊本を中心にした九州で大地震が連続し、次はどこかということが真剣に取り沙汰《ざた》されています。

どうやら日本列島全体がある意味の火山胎動期に入っていて、まさに大変動期に私たちは生きているわけです。

日本の人口は江戸時代以後、一貫して増えてきました。一八六八年の明治維新のころに約三千三百万人だったのが、一九四五年の敗戦のころには約七千二百万人に増え、二〇一六年には約一億二千七百万人に達しています。

これが東京オリンピックの開催される二〇二〇年ごろには一億二千四百万人となり、二〇六〇年には九千万人を切ると予測されています。人口論は学問のなかで一番予測が当たる分野の一つですから、おそらくこうした推移をたどることになるでしょう。

一方、経済学などは予測が当たらないのが当たり前という学問です。アメリカのある経済学雑誌が、二〇〇八年のリーマンショック発生を予測した経済学者を検証したところ、二十九人のうち三人しかいなかったといいます。

私たちは今、予測のつかない、世の中がダイナミックに変動する時代に生きています。人口で言うと減少期に入っているわけですから、社会の様相もまるで違うものになっています。生産労働人口と言われる青壮年層がどんどん少なくなり、周りを見回しても六十五歳以上ばかりになっている。また、高齢者が激増する一方で、少子化も進んでいる。

こうなると、高度成長が難しいことは、多数の認めるところとなっています。人口減少によって内需が激減するわけですから、どんなに貿易に力を入れても長期的にはGDPも減っていかざるをえない。

しかも、火山胎動期にあって人々は強い不安を抱えているわけで、戦後七十年の歴史のなかで未曾有の時代に入り込んでいると思います。

こうした大変動期にある以上、これまでの人生論や生き方論はほとんど役に立たないと考えたほうがいい。

同時に、一人の人の人生についても、年齢によっていろいろなことが違ってくると考えたほうがいいと思うのです。人生を四つの時期ぐらいに分けてみると、それぞれの時期で人生の指針や読むべき古典、あるいは健康の常識も全く違ってくると思います。

フレキシブルに考える

たとえば薬ですが、「十三歳以下はどうしなさい」「十七歳以上はこうしなさい」と服用上の指示があります。しかし、体の大きな十三歳もいるし、体がまだできていない十七歳もいる。本来はもう少し精密に分けるべきものです。

食事の場合、たとえば炭水化物制限法についても、何歳ぐらいの人はこうしたほうがいい、高齢の人はプチ炭水化物で少量に制限したほうがいいとか、やはり年齢別に考えたほうがいい。もっと言えば、本来はその人の年齢と健康状態、生き方やライフスタイルに合わせて決める必要があります。

最近はケトン体が脳のエネルギー源として重要だという説が槍玉《やりだま》にあがっていますが、ケトン体重要説は血糖値が非常に高くてインシュリンを投与しなければいけないような糖尿病患者や、体重が増えすぎて困っている人にとって示唆に富む考え方だと思います。

洋服についても、これまではS、M、L、LLに分けて既製服を作っておけば、すべての人が自分に合うサイズの服を見つけられるぐらいに考えられていたようですが、これも違います。

靴だって、本来はサイズだけではダメです。私は学生時代から靴マニアだったので、今でも関心がありますが、昔は気にしていたのはサイズだけでした。私の場合、二四・五センチ、アメリカの基準で言うとシックスハーフです。今はサイズだけでなくワイズという基準もあります。あるいは、足の裏の内側に体重をかけて歩く人なのか、外側に体重がかかりがちの人なのかといった違いもありますから、靴を選ぶにも一つの物差しではすまないのです。

古典は大切だといっても、まだ結婚もしておらず、これから恋愛をするという夢多き青少年のための作品と、死を強く意識するようになった六十歳以後の読むべき古典文学では全く違うでしょう。

生き方にしても、フリーサイズというか、この寸法で作っておけば合うだろうみたいなものではなく、一人ひとりの状況に合った生き方があるはずです。だから、きめ細かく丹念に、複雑系と言われるような要素も加えて選んでいく必要があります。

その一方で、大きなあらすじというものもある。たとえば、今の時代は上り坂なのか、下り坂なのか。日本列島が安定期にあるのか、変動期に入っているのか。若い人が増える時代なのか、高齢者が増える時代なのか。そういう大きな動きに応じてフレキシブルに考えていかなければならないということです。

真俗二諦

ラグビーボールのようにどちらに転ぶかわからない時代のなかで、注目すべきなのが真理は一つではないという発想法です。

その一つに、浄土真宗の真俗二諦《にたい》という考え方があります。仏教の真理も俗世間のことも両方とも大事にして使い分けるという考え方で、日本の仏教団体はこれがないとやっていけません。

この考え方に対しては、「使い分けはよくない」「真理は一つである」と激しく非難する人も多いのですが、私はそんなことはないだろうと思っています。

念仏を日本中に広め、浄土真宗中興の祖と言われた蓮如は「額に王法、心に仏法」と言いました。

「額に王法」とは、殿さまに「税金を払え」と命じられたら払いなさい、「あれをやってはいけない」「これをやってはいけない」と言われたら反抗せずに従いなさいということです。世間並みの義理もちゃんと果たすけれども、その一方で、「心に仏法」を守り、そこから外れてはいけない。「弥陀《みだ》一仏」といって、自分たちが信じる仏さまに誠意を尽くしなさいというわけです。

このように、世間に妥協しつつ、自分の真実を守るという生き方のことを蓮如は真俗二諦と言ったのです。

この考え方は俗世間に妥協する便宜主義だと批判されたのですが、私はこれも大事だと思っています。

たとえば、円は一つの中心点を持っていますが、二つの中心点を持っている楕円《だえん》というのもある。中心点が一つの真円は見た目がきれいです。それに対して、二つの中心点の間を揺れ動いているのはいかにもいい加減な感じがします。

楕円はそれこそ、ラグビーボールのようにどっちに転がっていくかわからない。しかし、二つの中心点のせめぎ合いを通して真実の生き方が生まれてくると考えることもできます。

時期相応というか、そのときどきの時代や周囲の状況のなかで、自分の信ずる道を左右にスイングさせながら生き抜くというふうに考えたらどうか。

日本では職人にしても芸人にしても、一筋の道を歩む生き方を賛美する傾向が強いのですが、二筋あってもいい、あるいは三筋あってもいいだろうと私は考えています。人間は状況に応じてダイナミックに変わっていくという動的な人間観です。

聖と俗を分けるのではなく、その二つの葛藤《かっとう》のなかで生きていくことが、すごく大事なことのように思えます。

柳に雪折れなし

太平洋戦争にしても、もっと以前の戦争にしても、宗教家たちが戦争に協力し、参加した例があります。

戦争に加担するのはもちろんよくない。しかし、不殺生や不戦の信念を貫き通して治安維持法で捕まり、十年も二十年も獄中生活を送ればそれでいいかというと、そういうものでもないと思うのです。

宮本顕治《みやもとけんじ》をはじめ、共産党の活動家たちは信念を通して十年を超える獄中生活を送り、敗戦後に出獄してきました。あるいは、南アフリカのネルソン・マンデラも獄中生活を耐え抜いて、大統領にまで上り詰めました。それはすごいことで感動的ですが、国民すべてがマンデラになれるわけではありません。

キリスト教無教会派の内村鑑三《うちむらかんぞう》が第一高等中学校の嘱託教員だった一八九一年のこと

です。教育勅語の奉読式で最敬礼をしなかったといって非難され、辞職に追い込まれました。私はそういうときには、突っ張らずに頭を下げればいいと思っています。頭は下げるけれども、戦争の遂行には反対だと積極的に発言する。そこで、どこまで粘り腰で抵抗できるかが大事ではないか。

「柳に雪折れなし」という言葉もあります。柳のようにしなっても折れない生き方があるのです。それを妥協的だとか、打算的だとかと言って切り捨てることこそ幼稚で、青くさいようにも思えます。

南九州の隠れ念仏

信仰を守るということでは、伴天連《バテレン》と呼ばれたキリシタンの殉教は非常に有名です。長崎県の島原《しまばら》半島では「浦上《うらかみ》三番崩れ」とか「浦上四番崩れ」といって、処刑されたキリシタンがたくさん出ています。明治維新以後も、キリシタンが千人単位で検挙され、刑務所に収監されました。

この伴天連の殉教は教科書にも載っていますし、世界的にも高く称賛されてきた逸話です。

仏教でも、伴天連の殉教のような抵抗の事例がありました。

その一つが、南九州の隠れ念仏です。江戸時代、薩摩藩の領地（今の鹿児島県や宮崎県南部）、とくに大隅《おおすみ》地方や相良《さがら》藩の領地（熊本県人吉《ひとよし》・球磨《くま》地方）でおこなわれた念仏で、私は龍谷大学で学び直したときに勉強しました。

中世のころ、加賀《かが》国では一向一揆《いっき》が起きて、金沢《かなざわ》に百年王国というか共和国ができ、「百姓の持ちたる国」と言われました。

一向宗《いっこうしゅう》というのは、念仏を唱える浄土真宗のことです。一向とはただ一筋にという意味で、一神教的な色合いがあると思います。

加賀の一向一揆のことを伝え聞いた諸国の大名たちは、慄然《りつぜん》として震え上がりました。自らの所領でも一揆が起こるのではないかという不安から、薩摩藩や相良藩では門徒を見つけては拷問して転宗を強い、拒否する者を打ち首にしました。「血吹き涙の三百年」という歌があるくらい凄惨《せいさん》な弾圧が繰り広げられます。

今も鹿児島市にある西本願寺《にしほんがんじ》鹿児島別院に行くと、「涙石」と呼ばれる長方形の石が境内にひっそりと置かれています。これは捕えた門徒を拷問するときに使った石です。膝《ひざ》のうえに一枚ずつ載せて転宗を迫ったのですが、門徒たちの多くは肉が裂け、骨が砕けても南無阿弥陀仏《なむあみだぶつ》の信仰を捨てませんでした。

熊本県球磨郡相良村には、念仏していることをお上に知られた男女十四人の門徒たちが盃《さかずき》を交わし、杉の苗を植えたのちに川に入水して集団自殺した「十四人淵《じゅうよつたりぶち》」という場所もあります。

隠れ念仏をしていた門徒たちは農民や町人、商人や下級武士たちでした。そういう人たちが地下に潜って、自分の思想や信仰を命がけで守った歴史があることを、多くの日本人が知るべきだと私は思いますが、宗教と政治の分離ということで学校では教えられていません。

このような体制による弾圧に対して、庶民や大衆が抵抗する一つの方法として、隠れ念仏がありました。熊本地震の被災地域のなかにも、かつて隠れ念仏が広くおこなわれた場所があったようです。

たとえば、まな板のなかに阿弥陀像を隠しておくとか、神棚の裏に仏壇を隠してあるとか、ありとあらゆる形で偽装する。そういう品々を今も熊本県人吉市の楽行寺《らくぎょうじ》などで見ることができます。

宮崎県都城《みやこのじょう》市高城《たかじょう》町郊外の山の中に「かくれ念仏堂入口」というバス停があって、バスを降りて藪《やぶ》を抜けていくと奥深い洞窟《どうくつ》がある。そこはその昔、隠れ念仏の人たちが月に何回か、深夜、密《ひそ》かに集まって念仏を唱えた場所です。若い衆を見張りに立てて、周囲を警戒しながら南無阿弥陀仏と唱えたのです。

京セラの創業者である稲盛和夫《いなもりかずお》さんと話した時に、子どもの頃の思い出話として隠れ念仏のことをうかがいました。父親に連れられて、夜中に提灯《ちょうちん》を下げてどこかに連れていかれて念仏をしたといいます。念仏が終わった後には、「今日のことは黙っていろ」と釘《くぎ》を刺されたそうです。

東北の隠し念仏

東北地方には「隠し念仏」というのがあります。これは、薩摩の「隠れ念仏」とは全く違うものです。

隠れ念仏の場合、その土地の藩から隠れて念仏を守るだけでなく、京都の本山に対して志納金を送ったりしています。本山にしてみれば、愛《う》い奴というか、忠実な門徒であるわけです。

一方の隠し念仏は、寺はもとより僧侶《そうりょ》にも頼らずに念仏を守っている念仏衆で、キリスト教で言えば「無教会派」に当たります。本山にしてみれば、勝手に念仏を唱えられるのは困るわけで、邪教と決めつけていました。もちろん幕府や藩からしても、人々が隠れて集まること自体を非常に嫌いますから弾圧する。

隠し念仏は浄土真宗のなかでも土俗的な独特の一派で、岩手県を中心に青森県から関東まで広く分布しました。専属の僧侶もおらず、お導師さんという師匠の指導で念仏を唱えるのです。お導師さんは幼児洗礼のような行事もしますが、謝礼は受け取りません。

その隠し念仏の流れが今も息づいていて、東北に講演などに行ったときに地域の教育委員会で話を聞くと、「いや、そんなものはこの土地にはありません」と必ず言われますが、実際には今も残っているようです。

表には曹洞宗《そうとうしゅう》の表札が掲げてあっても、実際には隠し念仏をやっている家もいまだにあります。また、葬儀の際、最初に曹洞宗や天台宗のスタイルで葬儀をやり、僧侶が引き揚げた後でもう一回、念仏の葬儀をやるのです。そのことは、葬儀を執りおこなった僧侶にもわかっています。

このように現実と折り合いをつけつつ、自らの生き方を守る術《すべ》というのは他にもあります。

たとえば、かつて農民の領主への反抗の仕方には、一揆のほかに逃散《ちょうさん》というのがありました。

一揆はご存知の通り、幟旗《のぼりばた》を立てて領主の軍勢と真正面からぶつかって戦うことです。討ち死にすることも多いですが、加賀国では大成功しています。

逃散とは自分たちが耕して農産物を栽培し、暮らしている土地を捨てることです。江戸時代に念仏禁制でものすごく厳しい取り締まりがおこなわれたころ、自分たちの信仰を守ることができないと知った門徒たちがその土地を離れ捨てたのです。

逃散はそう簡単にできることではありません。三年五年という歳月を費やして準備します。そして、あるとき一夜にして、村の農民たちが忽然《こつぜん》と消えるのです。

どこへ行くかというと、よその藩に行くわけですが、そのためには前もってその藩と交渉して、受け入れの許可を得ておかなければなりません。藩によっては不毛の土地をもっと開拓して耕地を増やしたいというところもあるので、よその藩に行くという選択がないわけではないのです。自分の藩に情報が漏れないように内密に準備を進めて、一夜にして村が空になる。これも農民の一つの抵抗の仕方です。

逃散は一見、弱い感じがしますが、実際には非常にしたたかな抵抗の方法だったと思いますし、長い歴史と伝統があるのです。

二つの軸を持つ

ある人が自分の信念や理想にしたがって生きていこう、あるいは信仰や信心を後生大事に守っていこうと思っても、やっていけないところが出てきます。

金沢の兼六園《けんろくえん》では雪吊《ゆきづ》りといって、冬が来る前に樹木の幹に沿って芯柱《しんばしら》を立て、上から縄を降ろして枝を吊り、雪折れしないように備えをします。

というのも、金沢地方は日本海に近く湿った重い雪になるため、一晩雪が降り続くと太い木の枝でもパキンと折れてしまうからです。

どんな枝が折れるかというと、枝が細いか太いか、強いか弱いかということではなくて、かたい枝、しなわない枝なのです。だから、雪吊りをして枝が折れないようにする。

ところが、柳や竹など、しなう枝には雪囲いはしても雪吊りはしません。なぜなら柳や竹は雪が降り積もって重さがかかってきても、グーッとしなっていって、スルッと雪を振り落とし、フワッと元へ戻るからです。積もる雪を振り落としながら厳冬を乗り越える。先ほど紹介した「柳に雪折れなし」という言葉は、そういうことだろうと思います。

最近、自殺者が減る傾向にあると言われていますが、諸外国に比べると依然として非常に高い水準にあります。どういう人が自殺するかというと、弱い人ではなく、かたい人が自殺をする。グーッと曲がり、しなうことができずにポキンと折れてしまうのです。屈することのできる心、柔らかい、しなう心を持った人は、たとえ細い枝であっても折れにくいと思います。

かたい人というのは、自分が生きる道はこれしかないと思っている人です。中心点が一つしかない円のようです。一方、中心点が二つある楕円のような生き方をしている人は柔らかい。

よく心が大事か、体が大事かと言いますが、二つとも大事なのです。グローバルな生き方か、日本古来の民族的な伝統を守るナショナルな生き方か。どちらか一つではなく、二つともあっていい。葛藤を抱えつつ、グローバルな世界のなかでナショナルなものも守って生きていけばいいのです。

日本人と外国人の親を持つ、いわゆるハーフの男性と話したとき、彼が「自分は二つの国籍の間で苦しんでいる。アイデンティティが見つからない」と言うので、私は「そうじゃないと思うよ。ハーフと言うからいけないのであって、ダブルと言えばいいんだよ」と言ったことがあります。二つのアイデンティティを持ち合わせていると思えば、もっと豊かな心持ちでいられるはずです。

その人は自分のアイデンティティはこれだという一つのものを求めたために、ハーフ&ハーフという自分の血と肉が疎ましく感じられたのでしょう。そうではなくて、アジア人の血と外国人の血がダイナミックに交差していくなかで生きていくと考えれば心地よく生きることができるのではないかと思います。

第六章　動的な人間観

親鸞の思想とは

新聞や雑誌のインタビューで「親鸞の思想というのは一言で言うとどういうものですか」と質問されることがあります。そんなとき、私はこう聞き返すのです。

「ちょっと待ってください。あなたの言う親鸞とは、何歳ごろの親鸞のことですか」

というのも、親鸞の一生は九十歳で亡くなるまで、大まかに言って四つぐらいの時期に分かれ、それぞれの時期で思想が異なるからです。

九歳で仏門に入った親鸞が、比叡山で修行した二十九歳までの頃が第一期です。この時期には、天台宗の青年僧侶《そうりょ》としての思想があったと思います。

迷いに迷った末に二十九歳で比叡山を降り、法然上人の高弟として念仏門に帰依した時代が第二期です。将来を保証されていた僧侶の地位や名誉を捨てて、一介の乞食《こじき》坊主として法然門下に馳《は》せ参じたのは人生の一大転機でした。親鸞の思想も、聖道門《しょうどうもん》と言われたオーソドックスな仏教から易行《いぎょう》へと大転換します。それは純文学から大衆文学へ切り換えたような、とんでもない転換だといえます。

ところが念仏門に対する弾圧が繰り返しおこなわれるなかで、大きな事件に巻き込まれて都を追放され、法然は土佐《とさ》に、親鸞は越後《えちご》に流されました。

六十歳過ぎまで、流人として越後や関東といった地方で過ごしたのが第三期です。親鸞はそれまで京都の近郊で生まれ育ち、京都と比叡山でしか暮らしていませんから、田舎暮らしは初めての経験でした。関東に移ってからどういう生活をしたかについては諸説あります。『教行信証《きょうぎょうしんしょう》』という親鸞畢生《ひっせい》の大作に取り組んだだけでなく、教えを請いにやってきた人たちに説法をしたり、善光寺《ぜんこうじ》の勧進をしたりしたと言われていますが、よくわかりません。いずれにせよ農民や職人、商人ら普通の人たちと接しつつ、田舎暮らしを経験したわけで、この時代にはこの時代の親鸞の思想があったはずです。

六十三歳で京都に戻り、九十歳まで暮らした晩年の時期が第四期です。この時期は、弟の寺に世話になり、その片隅に住まわせてもらいながら、思索と執筆、それに知人と話したり手紙を書いたりして過ごしました。仲間を集めるでもなく、弟子を育てるでもなく、ある種の隠遁《いんとん》生活を送ったのです。

　こうして大まかに分けただけでも四つの時期に大別されるわけで、それぞれの時期で親鸞の思想は違っているのです。

　逆に言えば、物心ついてから死ぬまで終始一貫して同じ思想を持つなどという化け物みたいな人はおそらくこの世の中にはいないでしょう。運命の転変に巻き込まれながら、異なる体験を重ねるなかで思想は変わっていく、あるいは熟成されていくのです。法然の思想も最近はだいたい三期に分けられるという説が有力になっています。

　つまり、人間の思想や生き方はそのときの時代に対応しながら、その人の年齢とともに時々刻々と移り変わっていく。

　このことを、私は動的な人間観と呼んでいます。ずっと変わらないスタティックな見方ではなく、刻々と移り変わり、常に変化して止まないダイナミックな見方のことです。それは右へ左へとぶれながら動いていく人生ですから、スイングする生き方と言ってよいでしょう。

宮澤賢治の一生

宮澤賢治も、スイングする生き方をした人物の一人です。

賢治が生まれ育ったのは浄土真宗の家です。ところが、東京へ出て田中智学《たなかちがく》という国粋主義者の影響を受け、日蓮宗《にちれんしゅう》系の国柱会《こくちゅうかい》というナショナリストの団体に籍を置いて、活動に取り組みはじめます。

浄土真宗を捨てて日蓮宗に改宗し、のみならず郷里に戻って両親まで改宗させてしまいました。この間に、賢治の思想もダイナミックに変化していったのです。

賢治の父親は、浄土真宗の僧侶だった思想家や理論家をわざわざ東京から招いて講義を聴くほど熱心な門徒でしたが、賢治の説得を受け入れて転宗しています。

転宗というのは凄《すさ》まじいエネルギーを要します。一度入った信仰を捨てるということは、信仰に入る以上に大変なことなのです。

宮澤賢治がなぜ浄土真宗を捨てたかについては諸説ありますが、この世に王道楽土を建設したいという理想を持っていた賢治にとって、あの世での成仏を願い、念仏を唱えるという真宗は体質的に合わなかったのではないかというのが一つの説です。日蓮宗には、この世に極楽浄土のようなすばらしい国を作るという積極的な意志がありました。

もう一つは、東北の念仏には在来の信仰や修験道などと融合したようなドロドロしたところがあり、近代主義者の宮澤賢治には肌が合わなかったのではないかという説です。

そもそも仏教の基本というのは無常であり、どんどんと移り変わっていくということにありますが、こうした人間観が今、非常に大事だと思うのです。

二つの中心を揺れ動く

仏教には中道という考え方があるし、儒教にも中庸という思想がありますが、それは二つのこと、たとえば喜びと悲しみの真ん中に真理があるということではありません。

花田清輝《はなだきよてる》はその著書『復興期の精神』のなかで、真理は真円ではなくラグビーボールのように二つの中心のある楕円《だえん》であるとして、楕円幻想という文章を書いています。喜びか悲しみか、あるいは善玉か悪玉か、物事を絶対化するのは真理を真円と考える思想と言えます。そうではなくて、真理は二つの中心を持って動的に揺れ動くものであり、ボールがどちらに転ぶかわからないような不確定なものであると考えるのです。

中道や中庸と言うと、バランスをうまく取って常に真ん中にいるような感じがしますが、そうではなくて、時には左、時には右というふうに揺れ動く。たとえば、ヨットというのは順風のときだけではなくて、横からの風でも向かい風でも巧みに帆を操って左右に針路を変えながら目的地に向かって進むことができます。それと同じように中道というのは五分五分ではなく、両者の間を揺れ動いている、また揺れ動くようなしなやかさを持った状態です。泣くことと笑うことについても同じで、どちらも大事だけれども、ときにはおおいに泣き、ときにはおおいに笑うということです。

個人的な好き嫌いで言えば、私は中道とか中庸という言葉があまり好きではありません。なぜかと言うと、どんな健康法でも結論は「やっぱり、ほどほどが一番ですね」ということになる。いい加減とも言いますが、ほどほどが一番大事と言ってしまうと中間が真理のように錯覚してしまいます。

たとえば、野菜をたくさん食べたほうが健康にいいという説と肉をうんと食えという説があるとき、要するにほどほどが一番と言ってしまうと、野菜も肉も果物も適度に食べるというところに落ち着いてしまうきらいがある。そういうように毎食ごとにバランスのとれた食事を食べるのではなくて、たとえば今日は一日肉ばかり食べる、明日は一日野菜ばかり食べてトータルでバランスが取れるほうがいいように私は考えています。

私の場合、実際に一週間単位で栄養バランスが取れればいいぐらいの変則的なリズムで暮らしています。八十歳過ぎても徹夜もするし、宴会をハシゴして一晩で三回も四回も食することもありますが、原則として食事は一日に一食です。一食はしっかり食べますが、あとはちょっとつまむぐらい。それでも何不自由なく過ごしています。

健康法の多くは早寝早起きや一日三食を原則に規則正しい生活を推奨していますが、規則正しい生活には弱点があります。起床時刻や就寝時刻を決めて早寝早起きをしている人は海外旅行するとき、時差に弱いのです。

また、現代は予測不能の動乱の時代で、明日何が起きるかわからない非常時です。今日はシマウマ一頭を獲《と》れたからたらふく食べられるけれども、次はいつ獲物が手に入るかわからないわけですから、家畜のような生き方ではなく草原のライオンのような生き方をする必要があると思います。

末法の時代だからこそ

動乱の時代には、安定の時代とは違う考え方が必要になります。

法然は最近では日本の思想史上、最大の思想家と高く評価されていますが、念仏を信じて唱えれば救われるという法然の思想は易行と呼ばれています。難行苦行に対する易行です。

易行という言葉には英語で言うとイージーゴーイングみたいなイメージがありますが、そういうことではありません。

法然が教えを説いたのは一二世紀から一三世紀初頭にかけてですが、「今の時代だからこそ易行が求められる」というのが、法然の考えだったのです。

仏教では、ゴータマ・ブッダの死後千年、ブッダの正しい教えが生きている時代を正《しょう》法《ぼう》の時代、正法の後の千年間、ブッダの教えを学び、修行する人たちが大勢いるけれども悟りを開く者がいなくなった時代を像法《ぞうぼう》の時代、その後を末法《まっぽう》の時代といいます。迷信的な計算では平安朝の途中から末法の時代に入ったと言われています。

法然が生きた時代は、王朝文化が衰退する一方で、鎌倉幕府が誕生して武家政治が勃《ぼっ》興《こう》し、力を失いつつある朝廷と力を蓄えつつある武家との間で綱引き合戦がおこなわれているような状況ですから、世の中は大変な動乱期でした。

そういう大変な時期には、普通の修行はできません。規則正しい生活をして善行を積む、殺生をせず、嘘をつかず、酒も飲まずに戒を守って生きていくことができる時代ではない。武士は人を殺し、商人は人を騙《だま》し、仲間の肉を食らってでも生き延びようとする悲惨な時代に人はどう生きるのか。

法然の思想というのは、危機的状況における信仰とはどうあるべきかという問いに対する回答だったと言えるかもしれません。

考えが変わるのは当たり前

ところが、高弟の親鸞になると法然の思想とは異なり、易行は末法の時代だけでなく、あらゆる時代に通用すると考えるようになります。正法であろうと像法であろうと、末法であろうと関係なく、易行が正しいという考えに変わります。

けれども、親鸞はずっと同じ考えでいたかというと、先に述べたようにそれはやはり違う。

比叡山で修行をしていたころの親鸞がどのような思想を持っていたのか、いまだにつかみかねていますが、おそらくものすごく優等生的な勉強家だったに違いありません。そのころの親鸞は、法然についても下界の都で庶民に念仏を説く変な僧侶ぐらいにしか思っていなかったでしょう。

その後、六角堂に百日間参籠《さんろう》して聖徳太子《しょうとくたいし》の夢のお告げを聞いた親鸞は、法然のもとに馳せ参じて百日間にわたって説法を聞いたあと、法然の門下に入ります。以後、弾圧のなかで念仏をやっていく時代にはまた、その時代の親鸞の思想があったと思います。

それから、都を追放されて越後や関東の田舎で暮らしているときには、また全く違う思想が生まれたことでしょう。

やがて六十歳を過ぎて京都に戻り、親鸞は思索と研鑽《けんさん》と執筆、それに文通に専念します。そして、六十代半ばに『教行信証』を著して、親鸞の仕事は一応完成の域に達したと言われているわけです。その後も亡くなるまで精力的に仕事をしています。近代以前に晩年にあれほどの仕事をした人はちょっと思いつきません。しかも、平均寿命が五十歳まで行かないような時代に九十歳まで生きたわけですから、驚きます。

このように人の思想は、一生を通じて変化していきます。

若いころに放蕩《ほうとう》無頼であっても、後に敬虔《けいけん》な宗教家になる人もいるでしょう。キリストの使徒となったパウロは当初、キリスト教を弾圧する側に身を置いていたのが、途中から帰依してバイブルの産みの親になりました。そういうドラマティックな変わり方はそうそうありませんが、考え方が変化するのは当たり前のことです。

方便の効用

一方で親鸞には生涯変わらないものがあります。うるさいぐらいに理屈っぽいのは生まれつきです。たとえば「なぜならば」と必ず言う。「こうである」「だから、こうなのだ」「なぜならば、こうだからだ」と三段論法で畳みかけていくのです。

　そういう理屈っぽさ、個性と呼んでもいいようなものは生涯、変わらないのですが、思想は刻々と変わっていく。

　偉大な思想家と言われる人でも、考え方が一八〇度変わってしまう人も少なくない。親鸞のように九十歳まで生きた思想家では、青年期と壮年期と晩年では思想は違って当然なのです。矛盾していることも多いのですが、それは決しておかしいことではありません。「君子は豹変《ひょうへん》す」という言葉もあるくらいで、状況に応じて言うこと為すことが変わるのはごく普通のことです。

　仏教には対機説法という言葉もあります。あるときは理論的に詰めていくけれども、あるときは喩《たと》え話ばかりするとか、あるときは禅問答みたいな言い方しかしないとか、相手を見て状況に応じて法を説くということです。

「方便」という言葉もあります。親鸞は「ここにある仏像が尊いのではない。方便にすぎない」と、かなり極端なことを言っています。

阿弥陀如来《あみだにょらい》や仏さまは要するに方便である。本当は限りない光や無限の時間のことを言っているのだけれども、それでは実感の湧かない人がいるから、阿弥陀如来や仏さまという仮の像を作っているだけだというのです。

ですから、浄土真宗では「木像より絵像、絵像より名号」と言います。

木や金属でできた仏像より、壁に掛ける絵のほうが尊い。でも、絵に描いた仏さまよりも南無阿弥陀仏という名号の方がもっと尊い。真宗ではこの名号を御本尊として大事にするのです。抽象的な言語を拝むということですから、相当変わった教えです。

さらにいえば、究極のところ、阿弥陀如来や仏さまは方便にすぎない。本当は、人々を限りなく照らし、励ましてくれる無限の力、無限の光とエネルギー、これこそが本当の仏なのだと親鸞は言っています。

ただ、そんなことを説いても普通の人には通じないので、方便として阿弥陀さまや仏さまとして人格化することで教えを説いていたわけです。

右顧左眄する人生

身近な例に戻すと、巷《ちまた》ではさまざまな健康法が盛んに言われますが、そのやり方がいいか悪いかはその人によるし、そのときの年齢にもよる。あるいは、そのときの時代の風潮にもよるのです。

あらゆる健康情報が週刊誌やワイドショーで面白おかしく取り上げられていて、正しいか間違いか簡単に見分けがつかないような正反対の意見で溢れています。いったい、どっちが本当なのか。私たちはみな右顧左眄《うこさべん》して迷い、紆余《うよ》曲折を経ているわけです。

たとえば、炭水化物制限法については盛んに言われていて、レストランで食事をしていると隣の女の子たちが米やパンを食べずに残しているのをよく見かけますが、最近は炭水化物の制限はよくない、日本人には日本人の胃腸というものがあり、何千年もかかって出来上がっている体質に合った食事をすべきだという主張が出てきました。

また昔は「水は一日一・五リットルは飲みなさい」と言われて、ペットボトルを首から下げて歩いている若い人たちをよく見かけました。一方で水毒ということも言われます。「水をそんなに飲んではいけない。できるだけ水分は食べ物から摂《と》れ」と言うのです。最近はまた水を飲めという話になっている。いったい、どっちが本当なのか。

さらには、昔はジョギングやウォーキングが盛んに推奨されましたけども、最近はジョギングはよくないという説が出てきました。膝《ひざ》の関節を磨《す》り減らす恐れがあるというのです。ウォーキングも「一万歩以上歩くな。三千歩ぐらいが適当だ」と言われるようになりました。

そして一番困るのが、ガンの治療です。厚生労働省や医学会、医薬品業界などはずっと「早期発見早期治療」こそが大事だと言っています。ところが、元慶應義塾大学医学部放射線科講師の近藤誠《こんどうまこと》さんが「ガンは放置せよ」と反論してきました。

近藤さんに言わせれば、早期発見によって発見する必要がないガンまで見つけて治療するから、抗ガン剤の副作用で逆に病人をたくさん作り出しているというのです。

そう言われると、人は迷う。やっぱり三か月か半年にいっぺん健診を受けて早期発見すべきなのか。それとも、近藤さんの言うようにガンの治療薬は毒でもあるから早期発見は悲劇なのか。

人は右顧左眄するわけですが、何か絶対的に正しい答えがあるとは限りません。

判断が求められる時代

六十歳過ぎると多くの男性が前立腺《ぜんりつせん》肥大になり、前立腺ガンになる可能性も高くなりますが、前立腺ガンは非常に進行が遅いガンだといいます。そうであれば、七十代、八十代で見つかった場合には近藤さんに言われるまでもなく、放っておくのがいいという選択はありそうです。

つまり、自分の年齢や体の状態、そのときの仕事や生活によって、どちらを選択するか変わってくるということです。あるいは死生観も大きく関係してくるでしょう。「自分はもう十分に生きた。死は恐くない」という人もいれば、「この仕事を成し遂げるまでは死んでも死にきれない。絶対にあと十年は生きる」という人もいるかもしれません。

そのときの想いにしたがって選択するわけですが、知人や専門家の意見を参考にするにしても、最後は自分で決めなければなりません。しかも、どっちが本当かわからないことが多いために、ものすごく困難な判断が求められていると言えます。

誰かが判断して何とかしてくれるだろうと受け身で待っていても、何も解決しない時代に入っていることは間違いない。
親鸞は念仏で生きることを決めたのち、もし法然上人に騙されて浄土に行けず、地獄に落ちたとしても一切後悔はしないと断言しています。

たとひ、法然聖人《ほうねんしやうにん》にすかされまひらせて、念仏して地獄におちたりとも、さらに後悔《こうくわい》すべからずさふらう。そのゆへは、自余《じよ》の行もはげみて、仏《ぶつ》になるべかりける身《み》が、念仏をまふして地獄にもおちてさふらはばこそ、すかされたてまつりてといふ後悔《こうくわい》もさふらはめ、いづれの行もおよびがたき身なれば、とても、地獄は一定《いちぢやう》すみかぞかし。

(『新版　歎異抄』角川ソフィア文庫)

『歎異抄』のなかで「わが師法然上人に自分が信じて付いていくと決めた以上は、騙されて地獄に落ちたとしても一切後悔せず」と書いていて、読む者は感動します。ただ、その後の「地獄は一定」云々《うんぬん》の条《くだり》は弁解っぽくていかがかとも思います。

この親鸞の気概を当てはめてみると、ガンの治療について近藤さんの意見を選択したならば、悲惨なことになっても一切後悔せず、というふうに覚悟できればそれに越したことはありません。

しかし、現実にはそう割り切って、信じ切ることは難しい。だからこそ、常に不安定でいいとも思うのです。

とかく確固たる信念といったものを称賛しがちですが、一筋の道をまっすぐにというよりは、風向きに応じて右に行き、左に行きしていく。

昨日言ったことと今日言うことが違ってもいい。今日言ったことと明日言うことが違ってもいいのです。なぜなら、時代が刻々と激変していて、予測がつかないからです。

熊本地震にしても、あれだけ地震学者が大勢いて、観測体制を取っていたにもかかわらず、一人も大地震を予測できた人がいませんでした。結局、天災を予測することは難しいということに尽きると思います。

そういうカタストロフが起きたときに、一点不動の信念に生きている人は弱い。固定的なライフスタイルを保っている人はダメージが大きいと思うのです。

ですから、私は「末法の時代だからこそ易行が求められる」という法然の考え方は正しいと思います。こういう困難な時代には、今日は西、明日は東とフワフワと漂っているほうがいい。大地に根を下ろして揺るがないという確固たる生き方は、かえって危ない生き方だと思います。

私は早朝に寝て午後に起きるという生活をずっとやってきましたが、最近はリズムを少し変えています。朝四時に消灯してベッドに入り、昼の十二時ぐらいに起きてみようと試みているのですが、なかなかうまくいかずに混乱しているのが実情です。

八十歳を過ぎて今の状況下では少しサイクルを変えたほうがいいと直観して、それに従いました。誰から教えられたわけでもなく、自分で判断して取り組んでいます。ただ、早寝早起きだけは絶対に嫌なので、夜型の生活は変えませんが。

ブッダは天上天下唯我独尊と言いましたが、この広大な世界に何十億人という人間がいても、自分はたった一人なのだという、そのくらいのつもりで生きないとダメだと思います。他の人全員に通用することでも、自分には通用しないことがあるかもしれないと思わないといけない。

今は、一つひとつのことに自分の判断と選択を迫られる時代なので、一本の物差しではなく、二本の物差しをダイナミックに使いながら、右へ左へとスイングして生きるのがいいだろうというのが私の考え方であり、生き方なのです。

第七章　直観を信じる

真理はほとんどわからない

二〇〇三年、「百寺巡礼」という企画で全国の寺を回りました。そこで驚いたのは、禅宗の僧侶《そうりよ》の質素な食事です。一日二食で、朝六時ごろ朝食を取るのだけれども、お粥《かゆ》に漬物程度です。午後三時ごろにもう一食食べて夜は全く食べないのですが、みな血色がよくて筋肉も隆々としている。「これはどういうことだ」と思います。陰で檀家《だんか》の人からすき焼きでもご馳走《ちそう》になっているのではないかと疑いたくもなりますが、そうではないようです。

なぜわずかな食事で元気に生きられるのか。私たちの知らない世界があるのです。

たとえば、牛は草しか食べないのにあの巨体を保ち、脂身を作っている。考えてみると、とても不思議なことです。

牛の胃腸は複雑な構造でできていて、そこに何兆という数の微細な腸内細菌が棲息《せいそく》しており、その細菌が草を食べて増殖しては死んでいく。その死骸《しがい》がタンパク質として牛の栄養になるのではないか。つまり牛は腸内に棲息している細菌のエサとして草を食べているという説があります。私たちの便も食べた物のうち消化されない滓《かす》が外に出てきたものと思っていますが、実際はそうではなく、便の大半は腸内細菌の死骸だといいます。人間の腸内ではものすごい数の細菌が生み出され、その死骸を排出しているのです。

たとえば、森美智代《もりみちよ》さんという方がいます。彼女は脊髄《せきずい》小脳変性症という難病にかかって以来、一日一杯、わずか六〇キロカロリーの青汁だけで生活されているそうです。この説でいけば、腸内細菌が青汁をエサにして増殖し、その死骸を栄養として生きているということで説明できます。実際に研究所で調べてもらったところ、森さんの腸の中には植物の繊維を分解してアミノ酸を作り出す菌が普通の人の二倍いたといいます。

しかし、それでも摂取しているエネルギーが少なすぎる。医学だけでなく化学であろうが原子力であろうが、世の中の真理のうち一万分の一ぐらいしか明らかにできていないのではないか。そんなわずかなことしか知らないのに大きな顔をして「絶対にありえない」などと断言はできないはずです。宇宙はいまだにわからないことだらけです。

直観力を養う

そう考えると、私たちがこの世界で生き抜いていくうえで本当に役に立つのは知識やエビデンス（証拠）以上に、ある種の直観ではないか。

たとえば、クスリを飲んで嫌な感じがしたとき、その「何か嫌だ」という感覚が大切だと思う。あるいは、初めての医師に診察してもらうとき、「このお医者さん、嫌だな」と感じたら止めたほうがいい。どこか相性が合わないところがあるのだと思います。

ですから、直観力を養うことが大切です。『養生の実技』（角川新書）という本では、体が発する合図である「身体語」に耳を澄ませということを力説したことがあります。

私は長い間、偏頭痛に苦しんできましたが、自分なりの養生をして今は完全に克服することができています。それは、自分の体が発する微細な兆候を一つひとつ受け止めて、それと謙虚に向き合うことによって実現できたと思っています。

いろんなところで何度も書いてきましたけれども、自分の体調を注意深く見ているうちに偏頭痛の前兆として、自分の顔に変化が現れることもわかりました。鏡で見て瞼《まぶた》が垂れ下がってきたり、目が小さくなったように感じたり、唾液が少しネバネバしたりする。そういう変化があったときに気圧配置を調べると、だいたい気圧が変動しているのです。気圧が下がったときに体調が悪化するのではなくて、急激に変化する曲がり角の付近で具合が悪くなることもわかりました。たとえば、低気圧の場合、福岡から二十四時間、大阪から十二時間程度で東京に北上してくることが多いので、その前後からは無理をしないようにしてやりすごすことにしたのです。

自分の面倒は自分で見る

私は若いころ、持病が多くて大変でしたが、医者に行かずに自分で治すという主義でやっていたので、なおさら気を遣って大変でした。

今も自覚的な症状が五つぐらいありますが、八十過ぎまで歯医者以外には行かずに何とかやってきたので、今まで通りで行こうといまだにがんばっています。

そのうち、どこかで倒れたり交通事故に遭ったりして病院に担ぎ込まれることがあるだろうと思いますけれども、自分でできる限りは続けようと思っているのです。

　自分の面倒は自分で見るというのは、ある意味で非科学的かもしれません。でも、そのくらいの気持ちがないとダメだと思います。国の年金制度を利用するのは国民の権利ですから強く主張してかまわないですが、その一方で社会保障制度に頼りきりではやっぱりダメでしょう。どうも昨今は他者への依存が強すぎるきらいがあります。

　医療費はバカになりません。最近では「下流老人」とか「老後破産」とかいう言葉が流行していますが、三〇〇〇万〜四〇〇〇万円ぐらいの貯金や年金ではガンになったらいっぺんで下流に転落すると脅かされて、高齢者たちはみな不安を感じています。

　ガンの免疫療法というと、以前はインチキ臭い治療法でしたが、最近は新しい免疫療法が注目されて、アメリカではずいぶんおこなわれているようです。問題は健康保険の適用外ですから、一回の治療に三五〇万円もかかることもあるようです。それを十回やらなければいけないとすると、全部で三五〇〇万円もかかる。これでは、仮に五〇〇〇万円ほどの貯金があったとしても、あっという間に使い果たしてしまいます。

七十五点で良しとする

時代が刻々と変わっていくなかで、自分も年齢とともに刻々と変わっていく。これまで加齢による自分の体のいろいろな変化をまざまざと感じて、八十歳を過ぎて人間も社会もダイナミックに動いていくことを実感するところがあります。

社会について言うならば、今、上り坂なのか下り坂なのか。登山の時期なのか下山の時期なのかという判断もある。それから、追い風なのか向かい風なのかということもあります。追い風のときは踵《かかと》に重心を置いて歩かないといけないし、向かい風のときはつま先に力を入れて歩かなければいけない。

社会的な条件や自分という個人の条件だけでなく、時代全体の条件や、グローバルな国際関係のなかでのこの国の条件まで、ありとあらゆることが刻々と変化していくわけですから、昨日通用したことも今日は通用しないかもしれません。午前中と午後で違ったっておかしくないくらいです。

ですから、その人の思想が変わっても、誰も文句など言えないと思います。

逆に言えば、たった一つの絶対的な意見などありえません。あらゆるものを相対化して考える必要がある。

「このクスリは絶対に効きます」などと言われたら、まず警戒しないといけない。百パーセントということはありえませんから、絶対と言われたら用心する。医師でも、ビジネスマンでも絶対という言葉を使う人には要注意です。

さらに今は非常に困難な時代だという認識を持たない。なぜなら、食べ物一つ、あるいは健康法一つとっても、これだけ意見が違う時代はめったにないからです。

外食産業の実態を告発する本などで裏事情を知ると、あまりにもずさんで「余所《よそ》で食事などできない」と思ってしまいます。居酒屋で出てくる焼き鳥の多くが中国などで串《くし》に刺して加工し、冷凍したものが輸入されています。あるいは、中国でウナギの養殖場に行ったら池の水は緑色で、大量にクスリを投与していたとか、そういう話を聞くとウンザリします。

しかし、そういう事情をわかったうえで這《は》いつくばって生きていくしかない。同じ物は続けて食べないとか、危険を分散して対応する。

それから、百点満点を求めないということは大事です。百点満点を求めると生きていけなくなるので、七十五点ぐらいでよしとする。完璧《かんぺき》主義は捨てないといけません。

流行を疑え

いまだに「本当に髪の毛を洗わないのですか」と聞かれます。何度でも言いますが、本当に洗わないのです。

先日、美容室でシャンプーしてもらったのですが、それまで半年ほど洗っていませんでした。そのとき、美容室の人が言うのです。

「最近は昔と違って石油系のシャンプーではなくて、皮膚にダメージを与えないようなものも出てきていますから、お使いになったほうがいいですよ」

ということは、美容室の人の話が正しければ、昔のシャンプーは皮膚にダメージを与えていたということです。

思想にも哲学にも、学問にも流行があり、正しいとされることがころころ変わる。私が学生の頃は、実存主義が流行《はや》っていましたが、その後も構造主義とかポストモダンとかいろいろあって、次から次へと新しい流行がやってきます。

この流行ということを無視するわけにもいかないので、たかが流行だと思う覚めた心を持ちつつも、甘んじて流行に乗る野次馬根性も忘れない。両方を持っていかなければいけないと思います。

十年ほど前まで、よく精神科の医学会から講演に呼ばれて話をしたのですが、精神科医や心療内科の医師八百人ほどを相手に講演したときのことです。学会のパンフレットを見たら、精神医学の流行がよくわかりました。

精神科の患者さんに対する当時の流行は、多薬大量投与です。

多薬というのは、何種類かのクスリを同時に投与することです。たとえば、あるクスリを出すと、吐き気などの副作用が出る傾向があるので、吐き気を抑えるためのクスリも一緒に出す。そのクスリを服用すると皮膚に発疹《ほっしん》ができる可能性があるので、それを予防的に抑えるクスリも併せて出す。多いときには五~六種類にもなります。

大量投与というのは、たとえばあるクスリの場合、四〇から一二〇ミリグラムという幅で服用しなさいという指示があったら、マキシマムの一二〇ミリグラムを投与するということです。

こうなると、患者としては大量のクスリを出されて「これを全部、飲まなきゃいけないのか」とついつい思ってしまいますが、当時はそれが流行だったのです。学会誌や研究論文などを読んでも、多薬大量投与した効果についての報告がたくさんありました。

ところが、日刊ゲンダイに心療内科の医師が「反省している」という記事を書いていたのを見ました。

「三年前までは患者さんにクスリを大量に出していました。でも、今は精神科の患者さんにクスリが効かないことがはっきりしてきたので、全く使っていません」

そんなことを言われても、「じゃ、今までの治療はいったい何だったんだ」ということです。「反省している」の一言で済まされたら、患者は浮かばれません。

ですから、「常に疑え」いう姿勢だけは持っていなければいけません。

クスリでも治療法でも何かするときは、疑いつつ試みる。盲信するのではなく、ひょっとして偽物かもしれないと疑う。そして、やってみて失敗しても自分の責任であると考える。誰かを責めても仕方がありませんから。

流行遅れの名医

「医学の教科書は三年で古くなる」と免疫学の権威で、生前親しくしていた多田富雄《ただとみお》さんは言っていました。医学の知見はそのくらい激しく変わっていくのです。

私の友人にとても親しい同世代の医師がいました。現代の赤髭《あかひげ》先生みたいな人で、患者さんのために一生懸命に働く誠実な医師でした。

朝六時ごろから患者さんたちが待っているので、朝からずっと休みなしに診察を続けて、午後一時ぐらいになると体中の筋肉がコリコリに凝ってどうしようもなくなるのだそうです。それで、デパスという筋肉弛緩《しかん》剤を飲んで仕事を続けるのですが、夕方に診察が終わるころにはもうグッタリ。夕食を食べたらバタンと倒れて眠る毎日だったと言います。

彼は、忙しくて学会に行けていませんでした。学会というのは新しい情報を仕入れるところですから、当然彼には新しい情報が入らない。患者さんのために粉骨砕身で働いているから、新しい研究論文やレポートに目を通す暇もない。

ということは、彼が何をベースに治療しているかというと、五十年前に医学生として大学の医学部で学んだ教科書です。誠実で、患者さんに信頼されて、日夜休まずに働いているけれども、私たち素人が見てもときどき「えっ、それは違うんじゃないの」と思うような時代遅れのことをやっていました。

もう一人、五十年間行きつけの歯医者さんがいるのですが、行くと歯石を取ってくれるのです。それも、力任せにガリガリと削り取る。ときには歯茎を切開してまで取るときもあります。

その話をしたら、別の医師に大笑いされてしまいました。今は、歯石は赤外線や超音波で取るのが当たり前だそうで、「鉄のヤスリみたいなものでガリガリ削り取るなんて、まだそんなことをやっているのですか」と言われてしまいました。

しかし、私はその医師を信頼しているので、これからもずっと通うつもりです。

脳の栄養についても今、論争になっています。これまでは脳の栄養になるのはブドウ糖のみと言われてきましたが、たとえば高雄《たかお》病院理事長の江部康二《えべこうじ》さんたちはブドウ糖ではなく、ケトン体が脳のエネルギー供給源だと主張しています。

ケトン体というのは救急医療で、ブドウ糖が不足したときにそれを補うものとして使うものと教えられてきているようです。だから、ケトン体が増えすぎてケトアシドーシスになると、いろいろよくない症状が起きると言われていますが、江部さんたちはその常識に反論しているわけです。

病気とつきあう

私自身、これまでの人生を振り返ると、なにかしら病気を抱えながら細々と生きてきたように思います。積極的な治療はしませんでしたが、自分なりに考えて一生懸命に病とつきあってきたので、それを通して実感したこともずいぶんある。

十代の頃から私はタバコを吸っていたのですが、三十代の終わりに止めました。子どもの頃から、呼吸器系があまり丈夫ではなく、地下鉄に乗るときなど息が苦しくなるのです。肺気腫《はいきしゅ》ではありませんが、肺が古いゴムのように弾力を失っていたのでしょうか。息を吸うことはできるけれども吐き切れない。

それで、結核ではないかと疑っていましたが、大学に入るときに「呼吸器に影がある。石灰化した跡がある」と言われて、驚いた記憶があります。タバコを吸った後がとくに苦しいので、喫煙を止めてみたら具合がよくなりました。

物書きはタバコでも吸わないと間が持たないから本当は止めたくなかったのですが、止めると幾分調子がいいので止めました。それから、呼吸法を自分なりに実践したりして、息苦しさを何とかクリアしました。治ったわけではないので、今でも息が上がることがありますが、やりくりしながら生きてきました。

それ以後も、偏頭痛の発作が続いたり、腰痛に悩まされたりと、いろいろな症状に苦しみました。

今でも話していると声がかすれることがあります。何だか、若い頃のようにスムーズに声が出ないのです。それで、友人の医師に「声がかすれるんだけど、喉頭《こうとう》ガンじゃないか」と言ったら「それは加齢によるものでしょう」と一蹴《いっしゅう》されてしまいました。

ある編集者の話ですが、彼が昼食を取るとき、パンを牛乳に浸して食べていたので、部下のひとりが「どうしたんですか」と尋ねると「いや、こうして食べないとよく飲み込めないんだ」と言ったそうです。その部下が「それは問題だから、すぐに病院で診てもらった方がいい」と勧めるので、病院で検査を受けたら喉頭ガンが見つかりました。その話を聞いてから、ものが飲み込みにくいとか、喉《のど》に引っかかるとか、声がかすれるといった症状には注意するようになりました。

予兆のない病気はない

私は「予兆のない病気はない」と考えています。

呼吸法とか健康法を指導している人がいて、その方法が面白かったので週に一遍通っていたことがあります。同じところに故・筑紫《ちくし》哲也《てつや》さんも通っていました。その先生が指導中に突然、クモ膜下出血で倒れ、すぐに救急車で病院に運ばれましたが亡くなったのです。

クモ膜下出血や脳卒中、心臓麻痺《まひ》などは突然に襲って来る病気というふうに思われがちですが、私はなにかしらの予兆があるはずだと思っています。『養生の実技』にも書きましたけれども、自分の五感を研ぎ澄ませて体と対話する、体の声なき声に耳を澄ませて聞く時間を持てば、予兆が感じ取れると思うのです。予兆がなかったというのは気づかなかっただけではないか。

ある有名な医学博士が脳梗塞《のうこうそく》で倒れ、しばらくして亡くなったのですが、倒れる前日に学会に参加していたそうです。学会が終わり、その夜にバーで仲間たちとワインを飲んでいたら、その博士が言うのです。

「今日はワイングラスがなんか変に重いなあ」

博士はワイングラスを両手で抱えて飲んでいたといいます。その仲間の医師のひとりから私は聞いたのですが、「なんか嫌な予感がしたんだ。そのまま病院に担ぎ込めばよかったと後悔している」と言っていました。

ふだんなら片手の指に挟んで軽々と持っているワイングラスが重いと感じるのはやはり異常です。そういうふうに持ち付けている物がひどく重かったり、携帯を早打ちしている人が「なんか今日は打てない。打ちにくいな」と感じたりしたときは、体が通常でないという信号を発していると考えたほうがいい。

よく「虫の知らせ」といって、遠くにいる親戚《しんせき》の死がわかると言います。私にはオカルトの話はわかりませんが、自分の体に起こりつつあることや起ころうとしていることには突然はないと思います。

ですから、心を落ち着けて自分の内なる声を聞くことが重要です。瞑想《めいそう》や坐禅《ざぜん》というのも、物事を全部忘れるのではなくて、自分の内側で対話をするものです。見える世界は半眼にして、見えない世界との対話を繰り返しているうちに無念無想の境地に入っていく。

そのためにも、自分の体について関心を持たないといけません。私は「身体語」と勝手に呼んでいますが、「これはちょっと変だ」とか「辛《つら》いんだよ」とか体が訴えかけてくるメッセージを聞く耳を持つ必要があります。

薬を飲んだときでも「うんッ？　これは合わないんじゃないかな」と即座に思うときがあります。あるいは、直後は感じなくても「この薬は自分に合わないな」と感じることがある。それは素人の直観に過ぎませんから、医師に言うわけにもいかないので、多くの患者たちは処方された薬の半分も飲まずに引き出しに突っ込んでおいたり、捨ててしまったりしていると言われています。それはある意味で無意識のうちに薬との相性を判断しているのではないでしょうか。

体が発する信号や体の内なる声を無視してしまっている人には予兆を察知することはできないだろうし、五感の力が低下していると直観がにぶくなります。だから、常日頃から体の内なる声を聞くように努めるだけでも相当違うのではないかと思います。

第八章　「病む力」を育む

老人駆除隊

二〇一五年四月に東京・千代田区《ちよだ》永田町《ながた》の首相官邸にドローン（小型の無人ロボット飛行機）を飛ばした男が警察に捕まりました。

その犯人が描いたマンガがインターネット上に公開されていたのですが、そこに政府の秘密組織として「老人駆除隊」というのが出てきます。

主人公が就職の相談に行ったハローワークで紹介されたのが、秘密組織である老人駆除隊でした。そして、駆除隊員として高齢者をどんどん駆除していくのですが、最後のほうに超高齢者のなかにジャンヌ・ダルクみたいなヒーローが現れ、老人を組織して駆除隊に抵抗するというストーリーです。

絵も上手だし、話も面白い。サブカルチャーというのは社会の変化に敏感に反応し、無意識の願望を表現するものですが、老人駆除隊という言葉が出てきたのはすごいことです。時代の動向を知りたいなら、大学の先生や評論家の話を聞いているよりは、マンガやファッションなど大衆的なサブカルチャーを見る方がよっぽど役に立つという典型例だと思います。

今、多くの人たちが恐れているのはガンと認知症です。健康面で恐れるのは、この二つに集約されるでしょう。

それ以外だと、この国の財政が破綻《はたん》するのではないかという潜在的な不安をみんなが持っている。資産家や高額所得者がシンガポールなどに資産を逃避させるという現象は現実に起こっています。国富が海外へ流出しているわけですから、国税庁はその動きを察知して国外持ち出しに対する税制の強化をやろうとしています。

私たちの世代は戦後の預金封鎖と新円切り換え、それにハイパーインフレを実体験として知っています。政府がその気になったら簡単に預金封鎖することができるのです。また財産税を課して、個人が持っていた資産の八割ぐらいを取り上げてしまいました。資産の八割を国が没収するなんて「そんなバカなことはありえない」と思うかもしれませんが、実際にあったことです。プリンスホテルは皇族方の住まいでしたが、財産税が支払えないこともあって西武に売却されたのです。

農地改革にしても、地主が持っていた土地を全部、小作に分けてしまったわけで、これも私有財産の否定ですから今日の日本から見ればとうてい考えられない。でも、そういうことがありうることを知っておいたほうがいい。

そういうときに目減りしない資産は体しかない。身一つあれば、闇市でも何とか食べていけるということが原体験としてあります。

戦後の頃と比べたら、身体についての見方も大きく違っています。昔は世の中で生きていくうえでの資本だったけれども、今は安定資産の一つです。

ユダヤ人がどんな時代になっても生きていけるようにと、子どもたちに弁護士の資格を取らせたり、医者の勉強をさせたり、音楽を仕込んだり、複数の外国語を学ばせたりしていました。それは、乱世を生き抜く知恵です。

同じように、不安の時代に丈夫な体を持ち、体をコントロールする術《すべ》を心得ていることはものすごく大きなアドバンテージです。昔のように元気であれば幸せとか、毎日快適とかいう話とは違う切実な問題なのです。

超高齢社会をどうするか

何せ超高齢社会ですから、どういうふうになってくるのかはわからないけれども、人口の半分以上が高齢者になったら経済的には破綻するのではないか。

ギリシャが多額の債務を抱えてEUにつなぎ融資をしてもらったときの主な条件は、公務員の削減と賃金の引き下げ、それに年金額の縮小でした。しかし、たとえば公務員の削減については公務員を首にはするけれども嘱託で雇うとか、月給は減額したものの他に手当てを出してカバーしているとか、抜け道が随分あったようです。

今回も同じようなことを約束しましたが、どこまで実行できるか。

そうなってくると、最終的には年金は七十五歳以上にするとか、年金の額を半分にするとかかなり思い切った政策を打ち出さないと、生産労働人口はどんどん少なくなってきているわけだから、若者たちはとても負担できないでしょう。年金は今、積み立て方式ではなくて賦課方式で、口座から天引きされる形で年金を払っている人も多いわけですから、この負担が大きすぎると若い人たちは生活できないし、社会も成り立たないでしょう。月収の半分が老人たちの扶養に使われるというのでは働く意欲が湧きません。

この超高齢社会の問題はまず日本から始まって中国やインド、やがてはロシアやアメリカも直面する問題です。高齢化することは病気とともに生きていくことであり、これは避けることができない問題なのです。

テレビで放送される長寿の番組では、九十歳過ぎてポルシェを運転している人とか、マラソンに出場している人とか例外的な老人を紹介していますが、現実は甘くありません。八十五歳以上の高齢者の六割が要介護という悲惨な状態で生きています。高齢を寿《ことほ》ぐなんてことができなくなっている。

一時期、孤独死が社会問題になりました。独居生活高齢者、つまりひとりで暮らしている高齢者がどんどん増えつつあります。家族との絆《きずな》が切れてしまって、面倒を見切れない。老老介護と言いますが、七十歳の人が九十五歳の父親の世話をするのは大変です。

そのためこれからの高齢者はある程度は自力で生きていくしかない。自分で自分の体を大事にして、周りの人たちに迷惑や負担をかけないように生きていかなければなりません。といっても、次から次へと症状が現れる病とともに生きていくわけですから、病をネガティブに捉《とら》えていたら、とても生きていけない。病が悪でしかないとすると、それは茨《いばら》の道であり、あまりにも悲惨過ぎる。

そこで、「病む力」という考え方が出てくるのです。

老いと病を苦しみとして捉え、治療するべきものだと考えるのではなく、楽しんで受け入れながら面白がって養生するものだと捉えなおす必要があります。

転び上手な世代

打ち合わせのためにホテルの会議室に来る途中、絨毯《じゅうたん》のうえで思わず転んだことがありました。

時間に遅れたため、気が急《せ》いていたし、焦って急いでいたのです。しかも、たまたまラバーソウルを履いていました。それで、絨毯のうえを急ぎ足で走っていて、ラバーソウルが引っかかってしまった。

旅客機が不時着した際、乗客が滑り台のようなスロープを滑り降りて機体から脱出しますが、そのときには「ラバーソウルを履かないでください」と注意書きが出ています。滑らないようにできているので、着地するときに転倒する危険があるからです。

私の場合も、ラバーソウルの靴底が絨毯に引っかかって、バーンとまともに転んでしまった。

そのとき、「しまった！」と思ったのです。

この年になってこんなに見事に転倒したら体を強く打ち、手首を骨折したり足首を捻《ねん》挫《ざ》したりするかもしれない。ところが、起き上がってみると不思議なことにどこも何ともなかったのです。

柔道をやっている人は受け身の練習をしているため、転んでもケガをしないとよく言われますが、そのことが思い浮かんだときにふと思い当たったのは、私たちが子どもの頃のことでした。

当時はやたらに取っ組み合いのケンカをしたり、運動会で騎馬戦をやってぶつかったりしました。あるいは、ジャングルジムから飛び降りたり崖《がけ》から転がり落ちたりと、毎日飛んだり跳ねたりしながら遊び暮らしていました。

中学に入ってからも、匍匐《ほふく》前進とか軍事教練とかをやらされ、いきなり塹壕《ざんごう》に飛び込む訓練もしました。そういうありとあらゆることをやって、いわば転倒の練習をしていたのです。ですから、柔道で受け身の訓練は受けていなかったけれども、子どもの頃に鍛えた感覚が役立って上手に転んだのだろうと思っています。

今は子どもたちが転ぶ機会が少なくなったように思います。子どもの頃にケガをしたり不慮の事故を経験したりしたことのない子どもは大人になって交通事故が多いとも言われています。

私はこのことをエッセイに書いたことがあります。私たちは転び上手な世代なので、お陰さまで転んでも転んでも立ち上がり、仕事に専心することができたということです。

そうしたら、日本転倒予防学会からたくさんの資料や論文が送られてきました。どうすれば転倒を防げるかを記した本を出版しており、転倒に関する研究が進んでいてとても驚きましたが、まさに意識革命の真っただ中にいるという感じです。

転倒と誤嚥

転倒と誤嚥《ごえん》が高齢者にとっての二大テーマです。それで、本を読んだりしてずっと注目し、考えてきました。武藤芳照《むとうよしてる》さんの『転倒予防―転ばぬ先の杖と知恵』（岩波新書）などはとても面白く読みました。

誤嚥というと、たとえば正月に食べた餅《もち》が喉《のど》に詰まって救急車で病院に運ばれるというようなことを思い浮かべがちだけれども、そうではなくて実際には水を飲んでも誤嚥するのです。高齢者になると誤嚥によって、食道に行くべきものが気管の方へ入ってしまい、肺に行って肺炎を起こして大変なことになったり、場合によっては亡くなったりすることもあります。

理由の一つは飲み込む力が弱くなったことです。ですから、胃瘻《いろう》の処置というのはある意味で誤嚥を防ぐ簡単な工夫とも言えるのです。要介護度が高い高齢者の食事は、看護師や付き添いのヘルパーがスプーンで少しずつ口のなかに入れるため、付きっきりで三十分から一時間もかかるのですが、気を付けないと誤嚥してしまいます。

食事だけではなくて、薬を水で飲むときも誤嚥は起こる。水が誤って気管の方に入ってむせたり、錠剤が喉に詰まったりすることもあります。むせるということは誤嚥を防ぐ力があるということですが、むせることができないと水がそのまま気道に入ってまずいことになってしまいます。

転倒は単に転ぶことですが、高齢者にとっては致命的なことなのです。もし骨粗鬆《こつそしょう》症《しょう》であれば転倒によって骨折し、何か月も病床に伏すことになるかもしれません。寝たきりの期間が長いと身体機能が低下してそのまま起きることができなくなる例も結構見られます。ですから転倒は避けなければなりません。

ギックリ腰というのは、何か重い物を無意識にヒョイと持ち上げようとしてなることが多いですが、自分の脳から体に「今から三十キロの物を両手で持ち上げるぞ」と指令を出して、しっかり意識して腰を落として持ち上げればギックリ腰にはならないのです。

誤嚥も同じで、ふだんは無意識にものを飲み込んでいるわけですから、自分の脳から体に「今から水を飲むぞ」と指令を出して意識的に飲むようにすれば、おそらく誤嚥は避けられると思います。

風邪と下痢は体の大掃除

整体で知られた故・野口晴哉《のぐちはるちか》さんは健康あるいは病気に関する思想家であり、実践家でした。たとえば、野口さんは「風邪と下痢は体の大掃除だ」と言っています。

野口さんの言葉に「ゴホンとなったら喜べ」という名言がありますが、その主張には大いに共感するところがあります。

野口さんは、風邪を引くのは、その人が無理をしたりして体のバランスが崩れたからだと言います。崩れたバランスを調整するために風邪を引く。だから、風邪を上手に引き終えた後には、風邪を引く前よりも体のコンディションがよくなって爽快感《そうかい》が増し、気持ちがよいはずだ。このように言っています。

ところが、風邪を引いたときにいきなり解熱剤を飲んだり風邪薬を服用したりしてこじらせてしまうと不調が長引いてしまう。風邪の引き始めに高熱を発するのは、風邪を上手に早く終わらせるための反応であって、言ってみれば体の抵抗の自然な姿なのです。服薬によって人工的に熱を下げることは本来は間違いなのだけれども、患者としては苦しい。熱が下がった方が楽ですから解熱剤や風邪薬を飲むわけです。

風邪をこじらせて一週間以上も治らない状態になっているのはよくない。上手に引けば五日間ぐらいで治る。もっと上手になれば三日間ぐらいで治る人もいる。私も風邪を引いたときは上手に引き終えようと努力していますが、なかなかうまく行きません。野口さん自身は体調が崩れたときは風邪を引いて、すぐに治すと言っていました。

つまり、風邪を引くことは体のある種の防御作用ですから、風邪も引けないようなコチコチの体になってしまったらお終《しま》いです。そういう理屈で「ゴホンとなったら喜べ」という名言が生まれています。風邪を引いて咳《せき》が出たら、「あっ、体のバランスが崩れたようだ。それを回復するために体のなかで今、何かが始まっているのだなあ」というふうに考えて、体がスムーズに風邪を引き終えるのをサポートしなければなりません。

ですから、野口説を知ってしまうと、一年に一度も風邪を引かなかったりすると体がしなりをなくし、硬化しているのではないかと心配になります。体が自然の回復力を失ったら、ドーンと大きな病気に見舞われるかもしれない。かえって一年に何回か風邪を引いているほうが安心できます。

風邪は万病の元と言います。だから、風邪を忌み嫌ったり恐がったりするのだけれども、風邪も病気の一つにすぎません。むしろ、風邪は体のバランスの崩れを回復しようとする自然な働きであると考えれば、歓迎すべきものになる。『風邪の効用』(ちくま文庫)というロングセラー本がありますが、風邪の効用という考え方には一理あると思います。

このように見てくると、私が何十年も昔から言ってきたことが、新しい常識になりつつあるという実感もあります。私はその時々で、いわば体感的に言ったのであって、理論もエビデンスもあったわけではありませんが、ここのところ台頭してきた新しい意見の持ち主には理解してもらえるように思います。

風に当たらぬ子は弱い

そもそも細菌と言うと悪いイメージがあるけれども、人間も他の生き物同様に細菌によって生きています。

先ほども少し名前を出しましたが、『免疫の意味論』という名著を記した多田富雄さんとは生前、ずっと交友があってお互いの著作を贈ったり贈られたりしていた仲でした。多田さんの考え方もきわめて示唆に富んでいたと思います。

二十年近く前に、病原菌のＯ１５７が大流行したことがありました。小学生が学校給食を食べて食中毒を起こしたりして大騒ぎになりましたが、そのときに私は多田さんに尋ねたのです。

「同じ給食を食べても全員が発症するわけではなく、発症する子としない子に分かれたわけですが、その違いは何でしょうね」

そうしたら、こんな答えが返ってきました。

「それはおそらく、ふだんから手をこまめに洗うとか、清潔に過ごしてきた子がＯ１５７にやられたのではないでしょうか」

人間は子どもの頃から細菌や雑菌と接することを通して免疫の耐性が整ってくる、ところが殺虫剤や殺菌剤で滅菌した清潔な環境で育てられた今の子どもたちは全体的な免疫の耐性が整わずに成長した側面もあるのではないかという指摘です。

私の言葉で言うなら「風にも当たらぬように育てた子は弱い」ということです。

私たちの頃、小学校は国民学校と呼ばれていましたが、毎朝学校に行くと、男の子も女の子も全校児童が上半身裸になって乾布摩擦をやっていました。乾布摩擦がはたして体にいいのか悪いのか、さっぱりわかりませんが、抵抗力は付いたような気がします。

戦後になっても物資が窮乏し、道に落ちている物を拾って食べたりもしましたが、鮮明に覚えているのがチューインガムの回し食べです。まだチューインガムそのものがなかなか手に入らない時代で、子どもたちのなかでひとりの男の子がクチャクチャ噛《か》んでいると、隣の女の子が「貸して!」と言う。すると男の子が「ハイッ」と言って自分が噛んでいるガムを取り出して女の子に渡す。今度は女の子がガムをクチャクチャ噛んでいると、「オレにも!」と言って噛んでいるガムをもらう。今の若者たちにその話をすると「エ〜ッ、汚〜い」と嫌そうな顔をしますが、そんなことは当時ヘッチャラでした。

あるいは、家のなかに犬や猫が上がり込んで、赤ん坊の顔をペロペロ舐《な》めるとか、糞《ふん》まみれの犬の足を抱いて眠ったりとか、そういうことを日常のこととして育っていましたから、免疫力が意外に付いていたのではないでしょうか。

　私は時々、東急東横線に乗って横浜から東京まで出てくることがありますが、通勤ラッシュ時にぎゅうぎゅう詰めの電車に乗るサラリーマンとは違って、昼下がりの比較的に空《す》いている時間に乗っています。そうすると、座っている若者たちが隣の客との間に数十センチの隙間《すきま》を空けて座っている。どちらかに寄れば、立っているおばちゃんが座れるので、おばちゃんが「お願いします」とか言ってドスンと無理やり座ったりすると、左右にいた若者たちが立つのです。要するに、見知らぬ人と密着するのが嫌なのでしょう。体がくっついたり、肌がベトベトしたりするのを嫌う。だから、最近では体臭をとる男性化粧品が売れたりする。

　前に若者たちと話していたとき、私が「最近はデモを見なくなったね」と言うと、若い大学生が「デモって知らない人と腕を組むんでしょ」と言うのです。「まあ、そういうことも多いよ」と言ったら「ヤダーッ！」と大げさに反応していました。

　自宅では一人ずつ個室を持ち、電車に乗ってもできるだけ人の肌に触れないようにするといった環境のなかで、若者たちの免疫の耐性が非常にイビツになっているような気がします。

ジェンナーの大発明

風邪を引くことで体のバランスを調整するということとの関連で言えば、種痘《しゅとう》もわかりやすいケースだと思います。

種痘の注射を打つことで一度、軽い天然痘にかからせておくと、免疫ができて天然痘にかかっても大事に至らなくなるというのはジェンナーの大発明でした。

ただ、私たちが子どもの頃は、腕にメスでバッテンを切られてそこに種痘菌を植え付けるという方法で、赤く腫《は》れたりしました。その後、方法が改良されて、ＢＣＧの注射も出てきましたが、要するに一度、病に軽く曝《さら》すことで、その人間の免疫力を作り出すというやり方です。

だとすれば、風にも当たらないように、雑菌にも触れないようにと大事にされて育ってきて、病気との縁が薄くなった人間は非常に危うい感じがするのは否めない。

だからといって、病気を推奨するわけでは全くないし、病気はそもそも困ったものではあるけれども、大きな病にかからないために、小さな軽い病を恐れないという姿勢はすごく大事なことであるように思うのです。

子どものときにジャングルジムやブランコから落ちたとか、ケンカをしてケガをしたといった事故やケガを経験していない人ほど、大人になって大きな交通事故に遭うという統計があるのです。私は統計をあんまり信用していません。というのも、数字は信用できても、数字を扱う人間が信用できないからです。その気になれば、統計は如何様《いかよう》にも変えることができる。たとえば、株が上がっても実質賃金が下がり、インフレが進行していないなどという統計はいくらでも作ることができます。だから、統計はあまり信用していないのですが、子どものときに事故を経験していない人が大人になって交通事故に遭うという統計は一理あるかもしれないと思っているのです。

老いと病

加齢、つまり年を取ることはイコール老いることであり、イコール病むことです。
人間は必ず老化していき、エントロピーの進行によっていろいろな機能が劣化していきます。

ですから、これからは病むことを拒絶する、病気を退治するのではなくて、自然に病んでいくのを自分で認め、それに対するいろいろな対策を講じつつ生き抜いていく必要があるのです。

七十歳になって宅配便の配達をやれと言われても、荷物を持ち運ぶだけの体力がないし、すぐに腰痛になったりするので無理ですけれども、自分ができることをできる範囲でやってみる。機能の劣化をきちっと捉え、迂回《うかい》作戦を取るなり工夫してカバーしていくことを考えるのが人生の知恵であり、これからの時代に不可欠の生き方ではないかと思っているところです。

巷《ちまた》に氾濫《はんらん》しているいわゆる健康本の類《たぐい》は、どちらかというと病まない力をめざしています。一方、二百万部超えのベストセラーになったノートルダム清心学園理事長の渡辺《わたなべ》和子《かずこ》さんの『置かれた場所で咲きなさい』（幻冬舎）が暗示するのは、「置かれた場所」、つまり高齢化して病む存在のことでしょう。

ですから、言葉の遊びではなくて、病みつつ生きる力を持つことが大切です。

　たとえば、視力の衰えをどうカバーするかというときに、トレーニンググによって視力を回復しようと取り組む人もいるだろうし、私のようにリーディンググラス、日本語で言う老眼鏡を掛ける人もいるだろうし、老眼鏡を嫌ってコンタクトレンズを使う人もいれば、目に刺激を与える画面をなるべく見ないように努力するとか、いろいろな知恵があると思うのです。「般若波羅蜜多《はんにゃはらみった》」、つまり知恵の完成というのは、そうしたことではないかとも思うくらいです。

日本の病気観

　日本では、病気をすることが悪であるという病気観が、オーソドックスな思想としてずっと長く続いてきました。しかし、今大事なことはこれまで異端であった「人は病む存在である」という病気観だと思います。

　病むことは悪ではなく、自然のことであり、人間の権利でもある。健康であることこそが一時的なものであり、百パーセント健康な人間などいない。なぜならば、すべての人間はいずれ死という病を発病して例外なく、この世を去っていくからだと考えるべきではないでしょうか。

すべての人は病む存在なのですから、人間を健康者と病者に二分する考え方も間違っています。そのため、私たちは病みつつ生きることを二一世紀の新たな思想としてつくりあげていくしかないのではないか。それは一見、非常にネガティブな思想に見えますけれども、そうではありません。やっと覚醒《かくせい》し、気づいた新しい考え方なのです。

戦時体制の下では、病者は必ず差別されました。病むことは悪であり、軍隊に入るためには健康者でなければならないからです。

ただ、日露戦争の場合、日本軍は甚大な人的被害を出しています。約百万人が動員され、戦没者は約八万四千人にも上りました。このうち、戦闘による死者は約四万六千人でしたが、病死者も約三万七千人に達しており、病死の多さには本当にびっくりします。

どういうことかと言うと、軍隊が病むことを悪だと考え、病者の扱いを疎《おろそ》かにし、しかも隠蔽《いんぺい》するからです。兵士たちは健康でなければなりませんから、具合が悪くても口に出せない。言えば軍隊から追放され、病者として差別されることは目に見えていますから、倒れるまで我慢し、必死で隠すのです。

森鷗外と脚気

今も医学の常識が大変動しつつありますが、一九世紀にドイツの医師だったロベルト・コッホによって細菌が発見されたことも当時としては大変動でした。コッホは結核菌を発見しただけでなく、ツベルクリン（結核菌ワクチン）の開発によって一九〇五年にノーベル生理学・医学賞を受賞しています。

森鷗外《もりおうがい》は東京大学医学部を卒業し、首席ではなかったけれどもドイツに留学して医学を学ぶ機会を得ます。当時は、ドイツで学ぶことはエリート中のエリートだけに許されたことで、森鷗外にとってドイツ留学は生涯の誇りだったと思います。

その当時、ドイツの医学界を席巻《せっけん》していたのが細菌説で、当然のように森鷗外も細菌説を信奉していました。

日清戦争で日本は勝ちましたが、たくさんの兵士が脚気《かっけ》にかかり、死んでいました。

海軍はいちはやくその事態を重大だと捉え、実証的に追究して栄養不足が原因ではないかという結論に到達しました。それで、水兵たちにそれまでの白米ではなく麦飯を食べさせるようにした結果、脚気を激減させることに成功しました。

ところが、陸軍では森鷗外が軍医部長、つまり軍医のトップに君臨していましたから、「脚気の原因は細菌である」という森鷗外の細菌説を採っていたのです。

海軍と陸軍は仲が悪く、何かにつけて対立していましたが、脚気の原因と対策についても対立しました。海軍の指揮官たちは「国際的な常識も知らない陸軍の愚か者たちめ」と言い、陸軍の指揮官たちは「海軍は麦飯などと何をバカなことを言っているのか。ドイツで学んだ森軍医部長が細菌だとおっしゃっているのだから細菌だ」と言い張って、お互いに譲りませんでした。しかし、陸軍が海軍の実践から相当遅れて白米の使用を止めることで、脚気は劇的に改善されることになりました。

このように医学にも思想にも時代の流行というものがあるのです。

私たちの学生時代は社会主義と実存主義が流行した二大思想でした。実存主義で言えば、サルトル派とカミュ派に分かれ、その後もどんどん変化して構造主義やポストモダンが出てきました。こうした変化は進化とも言えるし、ある意味では流行とも言えると思います。

病気観の流行

思想や哲学、医学に流行があるように、健康観・病気観にも流行があるのです。

明治維新以来、富国強兵を旗印に進んできた日本の歴史のなかで、敗戦まで強兵が重大な国家目標であり、戦後も富国ということが大きな目標となってきました。そういうなかで、戦前戦後を問わず、健康な体を是とし、病むことを非とする思想が主流となってきたように思います。

軍国主義の時代は、陸軍大臣が首相を兼ねるような軍隊主導の国家でしたから、強兵になれない病者は社会的な劣者として扱われました。同盟国となったドイツでは健康でない人間を優生学的に排除することを検討し、強くて元気な子をたくさん作る多産強兵策を国家のモットーとしていたわけです。

最近でも政府が子育て支援策を実施していますが、ある意味では今でも多産強兵の思想が生きているのです。経済戦争のなかで、少子化の流れに抗して強い労働者となるような多くの子どもたちを生み育てるために支援しようというわけですから、やはり「産めよ増やせよ」なのです。

戦後の高度成長を支えたのは何かという点について、私には持論があって、それは戦争中の政策が可能にしたという考えです。

たとえば、新幹線は戦後日本の発展のシンボルの一つですが、その背後には満鉄（南満州鉄道）の特急あじあ号が見え隠れしています。そういうことを言うと「それは陰謀論だ」と批判されますが、国鉄（日本国有鉄道、今のＪＲ）の総裁で「新幹線の父」と言われた十河信二《そごうしんじ》は、実際戦前に満鉄（南満州鉄道）の理事をしていた人です。特急あじあ号は世界にも類のない流線形の新しい列車で、私たちは子どもの頃、熱狂して絵に描いたり模型を作ったりしたものです。

同じように「産めよ増やせよ」というスローガンも戦前から戦中、戦後というふうにずっと続いてきたと考えています。富国強兵を進めるための兵士や軍需物資を増産するための労働者を増やせということです。このスローガンが打ち出されたのは昭和一〇年代で、子どもがたくさんいるほど国から誉《ほ》められ、大きな顔ができたわけです。一九三一年に満州事変が起きましたが、一九四五年の敗戦までの戦争中に生まれた人たちが一九五〇年代から六〇年代にかけて生産年齢に達するのです。そのおかげで日本は移民に頼ることもなく、高度成長を遂げることができました。

もちろん、朝鮮戦争やベトナム戦争による戦争特需と言われる幸運が追い風になったこともあるかもしれませんが、基本的に労働者数が多く、労働生産力が高かったのです。つまり、戦前の富国強兵政策が戦後も温存され、高度成長の遠因どころか原因になっている。

ですから、私は戦後七十年という言い方に抵抗があるのです。

この「戦後」という言葉には、一九四五年の敗戦で一度すべてがご破算になり、戦後が新しく始まったという印象がありますが、実はいろいろなことが続いている。

その一つが、病人を弱者として見るという見方です。健康が善であり、病気は悪であるという考え方は戦時体制下のものであり、そもそも間違っています。しかし、敗戦とともにご破算にならず、戦後も残ってきたのです。

人間は病める存在であり、生まれながらにして死のキャリアである。そういう存在として、病みながら生きていくというのが自然の姿ではないかと思うことがあるのです。健康とは病気のない状態ではない。そもそも人間はたくさんの細菌とともに生きているわけですから、病むことは悪ではないと思うのです。

病みつつ生きて最後は死んでいくのだけれども、日々の暮らしのなかでどんなふうに自然に病めるかを考え、実践する病む力を養っていかなければならないと思います。

第九章　時には涙を流す

柳田國男の涕泣史談

二〇一六年、東日本大震災から五年経つのを機に被災地で講演会をやりました。当然、津波の被害に触れないわけにはいきませんが、「この苦難を乗り越えてがんばろう」などと月並みなことを言う気もありませんでした。それで、辛《つら》くて萎《な》えたり折れたりした心をどう支えていくかということで泣くことについて話したのです。

最近また民俗学者の柳田國男《やなぎたくにお》がブームになっています。柳田國男と言うと『遠野物語』が思い浮かびますが、そういう民俗学的な仕事ではなく、国家や民族に対する柳田の提言が注目されだしたようです。

柳田の論文に「涕泣史談《ていきゅうしだん》」というものがあります。講演を文章に起こして手を入れた文章で、泣くということに関しての日本人の考察です。涕泣というのは普通に泣く状態ではなくて、鼻水を垂らし涙で顔がグシャグシャになるくらい泣きじゃくる泣き方を言います。

このなかで柳田が、あるときふと周囲を見回して「オヤッ」と怪訝《けげん》に思ったと書いています。どうも最近、日本人が泣かなくなったのではないか、ということでした。

柳田は、日本人は昔から泣くことを非常に大切にした民族だといいます。一人前の大人は泣くべき時や泣くべき場所を弁《わきま》えていて、そういう時にきちんと泣けることが社会人として認められる要件でした。逆に言えば、泣くべき場所で涙を流せないような人間は人間として高く評価されなかった。ところが、最近は周囲を見回しても日本人が泣いている光景に出くわすことがめっきり減ったような気がする。これはいったいどういうことか、このように柳田は問題提起しているのです。

丸谷才一《まるやさいいち》や山崎正和《やまざきまさかず》らも、日本人は古来、泣くことを非常に大切にする国民であったと指摘しています。

たとえば、神話に出てくる須佐之男命《すさのおのみこと》のような荒ぶる神も、天が裂け、海が涸《か》れるほどに豪快に泣きました。「平家物語」では、平家を倒す企《たく》みが発覚し、首謀者だった僧都俊寛《しゅんかん》が島流しになりますが、その時には勇ましい武将たちも泣いています。近世になると「曾根崎《そねざき》心中」や「忠臣蔵」のように泣きに泣く芝居も現れる。明治時代には徳冨《とくとみ》蘆花《ろか》原作の芝居「不如帰《ほととぎす》」や尾崎紅葉《おざきこうよう》作の「金色夜叉《こんじきやしゃ》」を観て国民は感涙にむせんだのです。このように、ありとあらゆる物語で主人公も観客も盛大に泣きました。

日本人は古来、泣くことを大切にし、恥ずかしいことどころか、人間としての大事な資格として考える民族だった。にもかかわらず、日本人はなぜ泣かなくなったのか。その理由について柳田はこまごまと述べていますが、その一つとして、教育の普及によって皆が口達者になって自分の思うことをどんどん主張するようになり、無量の悲しみを対外的に表現できるようになったことを挙げています。

日本人が泣かなくなったのははたしてよいことだろうか。柳田はこの論文の最後を疑問符の形で結んでいます。柳田は用心深い人なのであまり露骨には言いませんでしたが、日本人が泣かなくなったことを問題だと考えていました。泣かなくなった日本人に危惧《きぐ》を覚えていたのだと思います。

女々しいことが大事である

本居宣長《もとおりのりなが》という国学者がいます。私の父親は国語と漢文の教師でしたが、戦争中は宗教家から哲学者まで皇国史観に凝り固まっていた時代でしたから、例にもれず皇国史観に染まっていました。父親の本棚には賀茂真淵《かものまぶち》や平田篤胤《ひらたあつたね》、それに本居宣長のような国学系統の学者の著書がたくさん並んでいたことを覚えています。しかし、皇国史観に対する反発から、私たちは戦後そういう本を全く読まず、手も出さなかったのです。

ところが、たまたま歌の発生について原稿を書いていたとき、「そう言えば、本居宣長が何か歌うことについて書いていたはずだ」とふと思い出し、「石上私淑言《いしのうえのささめごと》」という有名な論文を読んだのです。そうしたら非常に面白かった。

この論文のなかで、宣長は益荒男《ますらお》ぶりに反発して女々しいことが大事だと主張します。彼が高く評価している「源氏物語」も、よく考えてみれば軟派の官能小説と言えなくもない。本居宣長と言うと皇国史観の後ろ盾のような硬派のイメージが強いですが、実はナンパ（軟派）だったわけです。

本居宣長は「石上私淑言」のなかで、悲しみについて論じています。人は悲しみを抱いて生きるものである。哀れや悲しみは非常に大事なことであり、そういう女々しいことこそ日本人の根本精神なのだとも言っている。

ですから宣長流で行けば、人は悲しいと感じたときに「なんだ、こんな気持ち」などとすぐに打ち消してしまったりせずに、心のなかで悲しみにじっくりと向き合い、正面から直視すべきなのです。そして、「ああ、悲しい。悲しい」と心のなかで独り言のようにつぶやくだけでなく、「ああ、悲しい。悲しい」と空に向かって大きな声でおらぶ（叫ぶ）。さらには「自分はこんなに悲しくて仕方がない」と他人に語る。

そういう人間のなんともいえない悲しみや、心の底からの叫びが形となって現れるのが歌なのです。もちろん形式やテクニックも必要ではあるけれども、人間の得も言われぬ悲しみから出てくる声から歌が生まれる。泣くとか悲しむとかいったことが歌の根源であると本居宣長は強調します。

軍歌は悲しい歌だった

戦前や戦中に称揚されたのは益荒男ぶりとか大和《やまと》男児であって、泣くことは女々しいこととして否定されていました。しかし、実際に国民に愛唱された軍歌の歌詞を見ると悲しい歌が多く、メロディーもマイナーキーのものが多かったことに気づきます。「こんな切ない歌で戦意高揚できたのかな」と思うほど、何とも言えないセンチメンタルな歌が多かったように思うのです。

たとえば、「徐州《じょしゅう》徐州と人馬は進む」というフレーズで始まる東海林太郎《しょうじたろう》の歌「麦と兵隊」の二番は、負傷した戦友を背負って雨の中を行く兵士を歌っていますが、背負われた負傷兵の言葉が痛々しい限りです。

友を背にして　道なき道を
行けば戦野は　夜の雨
済まぬ済まぬを　背中にきけば
馬鹿をいうなと　また進む
兵の歩みの　頼もしさ

（藤田まさと作詞　大村能章作曲）

「麦と兵隊」と同じく大村能章が作曲し、西條八十《さいじょうやそ》が作詞した有名な「同期の桜」も、ある種の無常観を抱いた何とも言えない切ない歌でした。

貴様と俺とは　同期の桜　同じ兵学校の　庭に咲く
咲いた花なら　散るのは覚悟　みごと散りましょ　国のため

そうした切ない歌を歌いつつ、私たちは一種の自己陶酔のなかで軍国主義にどっぷりと浸《つ》かっていたのです。

このように考えてくると、日本人に限らず、人間の心の奥深くにあるのは悲しみであり、大切なのはその悲しみを押し殺さず、涙を流して泣くことにあるのではないか。

ところが、戦後、特に高度経済成長を終えた辺りから、プラス思考という旗印の下、元気で明るく前向きに、ユーモアと笑顔を抱いて生きることを選び、そうすれば人生はうまくいくはずだという考え方が主流になってきました。逆に泣いたり悲しんだり暗い気持ちを持って生きることはマイナス思考であり、そういう生き方では悪いことが起こるとしてマイナス思考を切り捨て、プラス思考を称揚してきたわけです。

ユーモアの効用

プラス思考の効用については、いろいろな分野の学問で科学的に実証するような研究が数多く出ています。

たとえば大阪に昇幹夫《のぼりみきお》さんという医者がいます。彼は吉本《よしもと》新喜劇の劇場で、劇を観る前と観た後、ただ観るのではなく大いに笑って観た後で、血圧や白血球などの変化を測定し、大笑いすると人間の生理や免疫にプラスの影響を与えることを明らかにしています。

あるいは、ＮＨＫの番組ではスタジオに人を集めて落語や漫才をたっぷり聞かせて大笑いしてもらった後、身体測定をしてデータを示し、「ほら、ごらんなさい。大笑いした後ではこんなふうに体のコンディションが劇的に改善しているではありませんか」と言って「ガッテンガッテンガッテン」とやっています。

ユーモアと笑いが人間の精神を活性化することはたしかなのです。私自身もユーモアの必要性を説いてきた一人であり、その通りだと思っています。

フランクルの『夜と霧』をはじめ、ナチス支配下の収容所であるアウシュビッツで生き抜いた人たちの体験記を読むと、極限状態のなかでユーモアがいかに人々の生を支えたかがわかります。たとえば、明日をも知れない収容所暮らしのなかで一日に何か一つジョークを作ってお互いに披露し合い、「アハハ」と力なく笑う。言ってみれば「必死のユーモア」です。ドイツ語では「ガルゲンフモール（絞首台上のユーモア）」と言いますが、そういう言葉があるくらいです。アウシュビッツの過酷な収容所生活を生き抜いたのは、ユーモアとか笑いを忘れなかった人たちだったわけです。

センチメントの力

一方で、センチメントを持っていた人もまた生き延びたことを、私は何冊かのアウシユビッツの体験記から読みとりました。

　食うや食わずで重労働に従事し、疲れきって枯れ木が重なるように横たわっていると、どこか遠くからアコーディオンの演奏が聞こえてくる。その音色にふと気づいて「ああ、あれは昔ウィーンで流行《はや》ったタンゴの曲だ」と言ってよろよろと立ち上がり、壁に耳を当てて「おい聞いてみろよ。懐かしいメロディーじゃないか」と聞き惚《ほ》れる。足元の水たまりに冬枯れの立木が映って見えた。それを見て「あっ、まるでレンブラントの絵のようだ」と感動する。あるいは、陽が沈む頃、ドイツ兵に叩《たた》かれながら歩いているとき、夕陽を眺めて「なんという壮大な落日だ」と感慨に浸る。そこで、全く反応しない人たちは早々に亡くなっていきました。

　ユーモアだけが人の生を活性化させるのではない。泣くことや悲しみといったセンチメントもまた人間の生命を活性化させるのです。

　最近では涙にもある種の免疫力があるとか、学問的な研究から実証しようとする学者も出てきています。悲しむことで人間は立ち直ることができるという説もあります。それから、悲しみに寄り添うグリーフケアという言葉も流行していています。

これまではユーモアばかりに軸足が置かれ、ユーモアは批評であり、文化であると高く評価されてきました。これに対して泣くことは歌謡曲的であり、演歌的、義理人情的な日本人の貧しい発想だと切り捨てられる傾向にあった。そんなふうに決めつけられると「いや、そんなことはない」と反論したくなります。そのうちに「さあ、みなさん明るく笑顔で」というプラス思考一辺倒にも変化が見られ、しだいに「泣きたいときは泣きなさい」と悲しみや泣くことも大事だという認識が広がってきました。

ただ、「さあ、泣きなさい。泣きましょう、一緒に」と悲しみを押しつける向きにもどうも賛成しかねます。

ケアの講習を数か月間受けた人が心理療法士のような顔をして福島県の被災地でボランティア活動をしていて、反感を買った話を聞きました。

相手にいろいろ教えるのではなく、まずは相手の話を聞くというのが心理療法士の鉄則です。相手の話をうなずきながら聞く。ところが、そのボランティアは限度なしに根掘り葉掘り話を聞こうとしたから嫌がられたのです。

被災者の一人は「津波で失くした家族のことなど辛いことを話したくない。それなのにこちらが黙っていると、聞きますよ、聞かせてくださいと言ってくる。都会から来る人は話すことを強要するから本当に嫌だ」と話していました。

相手の話を聞くと言っても、強要するような姿勢であれば、相手の傷心などお構いなしに「がんばれ」と言っているのと変わりません。語りたくないことは語らないほうがいいのです。

物事を相対的に見る

ユーモアと笑いが人間の生命を活性化し、人生を前向きにさせることは十分にわかっています。心から笑ったり楽しんだりした後に、フィジカルなコンディションがプラスに転化していることは認めます。しかし、それと同時に悲しんだり泣いたり嘆いたりすることをマイナスと捉《とら》える感覚は間違っているというのが私の意見です。

手放しで泣けばいいということでもありません。本居宣長が述べているように自分のなかにある悲しみと向き合って、独り言のように「ああ、悲しい。悲しい」とつぶやく。

他人にも「ああ、悲しい」と語り、ときには大声で歌を歌うというふうにすることによって、悲しみをプラスのエネルギーに転化することができるのではないかと思うのです。

たとえば、医学で言うと、これまでは迷信のように「コレステロールはよくない」と言われてきました。しかし今や「コレステロールは体にプラスだ」と言われている。あるいは、腸内細菌には善玉菌と悪玉菌があって、白い善玉菌が黒い悪玉菌を退治しているイラストが描かれてきました。しかし、腸内細菌を善玉と悪玉に二分することができないことが医学的に明らかになってきました。

徳川《とくがわ》方と豊臣《とよとみ》方による天下分け目の決戦となった関ヶ原《せきがはら》の戦いで、戦況が変化するのに伴って西軍から東軍に寝返る小早川秀秋《こばやかわひであき》のような一味がいましたが、そういう日和見菌もいるわけです。そもそも、悪玉菌をすべて退治してしまったら善玉菌も棲息《せいそく》できないことがわかっています。つまり、悪玉菌がいるから善玉菌もいる。これは生態の摩訶《まか》不思議なところです。

親鸞に関心のある人はたいてい『歎異抄』を読みますが、歎《たん》ずるというのは嘆くという意味です。親鸞の正しい教えが間違ったふうに解釈されていることを情けなく思った唯円が「ああ、何ということだ。親鸞さまはそんなふうにはおっしゃっていなかった。こういうことを言っておられたのだ」と一念発起して書いたのが『歎異抄』です。

ただ、正統というのは異端に照らし返されて初めて浮き彫りになるということがあります。親鸞の教えの正しさというのは、異端の連中が解釈したいろいろな間違いに照らし返されたときに初めて鮮やかに、くっきりと見えてくる。

悪人正機《しょうき》という考え方も「悪人が成仏できる」というような単純な話ではありません。悪があるから善があるわけで、悪が全くない善だけの世界には善もないのです。善玉菌と悪玉菌がそうであるように、喜びと悲しみも相互依存の関係にあります。悲しみがあってこその喜びであり、喜びがあってこその悲しみであるのです。

私もかつて笑いの効用について一生懸命に説いていた時期がありました。そのうちに世間がユーモアや笑いばかりを誉《ほ》めそやすようになったので、今度は悲しみの効用について話しはじめました。そして、今立っている場所は、笑いも悲しみも両方大事だという一番平凡なところに行き着いています。

ただ、笑いがいいという場合にも、腹の底から呵々《かか》大笑するような笑いでないと効果は見込まれないでしょう。テレビのバラエティ番組でちょっとしたギャグを見てフフッと鼻で笑ってもフィジカルに効果のある笑いにはなりえません。やはり、本当に朗らかに笑うことこそが肉体や精神にプラスなのであって、そういう大笑いをするためには悲しみというものを知っている人間であることが前提になる。

ときには体を地面に投げ出して、拳《こぶし》で地面を叩きながら号泣したような経験のある人間だからこそ、本当に腹の底から呵々大笑することができる。

喜びのバックグラウンドがあっての悲しみだし、悲しみとか涙が背景にあってこその笑いであり、喜びであるわけです。

糖質制限も年齢による

「年寄りは淡白なものを食べろ」と昔は言われていました。だから、一番いいとされたのは和食でした。ところが、最近は「年寄りは肉を食べろ」と言われるようになった。卵も一日二つは食べ過ぎという話から、五つ六つ食べても平気だという。チーズや脂肪も摂《と》るようにする。コレステロールには血管を修復する働きがあるので積極的に摂れというわけです。しかし、こういう言い方は、笑いがいいか涙がいいかというのと同じで補助線を入れる必要がある。

日本ハムで投打に活躍していたころに、大谷翔平《おおたにしょうへい》選手の母親がインタビューで話していましたが、花巻東《はなまきひがし》高校時代、寮の部屋に掃除に行ったら、机の引き出しのなかから食べ残してカビの生えた白いご飯が出てきたといいます。野球部の食事のノルマはどんぶり飯十杯分で、大谷は泣きながらご飯を食べることで体を一回りも二回りも大きくしたのです。

かつて日本兵たちもご飯と漬物で兵士としての体を作っていました。「兵隊になったら白米六合を食べさせる」というのが、明治政府が国民皆兵を掲げて志願兵を募集するときのスローガンでした。武家社会の頃、侍の一人扶持《ぶち》が白米五合でしたから、それ以上の銀シャリを食べられるという触れ込みだったのです。貧しい農村ではまだ雑穀が主食で、白米を口にできるのは死ぬ間際だけというような時代でしたから、農家の二男三男にとって軍隊は天国みたいなものでした。

高校ラグビーの全国大会で健闘した高校の監督がやはり選手たちの体を作るために米の飯を食べさせたと言っていました。「体重があってたくましい体を作らなければ、いくら技術を磨いても勝てない」ということのようです。大相撲の力士もご飯とちゃんこ鍋《なべ》を嫌と言うほど食べて体を太らせています。

米の大食いは、いま流行りの炭水化物制限法からすればナンセンスということになりますが、私に言わせれば正しいのです。二十歳ぐらいまでは炭水化物をどんどん摂っていい。二十歳から六十歳ぐらいまではバランスの取れた食事を心がける。六十歳を過ぎたら肉や卵、脂肪を積極的に摂るようにして炭水化物を制限したらよいのです。

けれども、あらゆる人に向けて一律にどうしろという言い方の方が世の中には受け入れられやすい。たとえば、「大勢の人が原発に反対しているのだから、原発反対」という話はわかりやすい。しかし、推進論者のなかにも、基本的には反対だけども現状では原発を進めるしかないという考えの人もいる。逆に反対論者のなかにも「今は原発がないと困る」と思っている人もいる。人間や社会の本質というのは複雑であるにもかかわらず、単純化しないと人にメッセージが届かないという難しさがあります。

健康は命より大事なのか

人間の思考には物事を白か黒かに分けたがる傾向がありますが、親鸞は『歎異抄』で「善悪は存知ない」、つまり世の中の善悪ははっきり分かれているものではないと言っています。人間はある状況下に置かれたときに何をするかわからないフラジャイルで不安定な存在であるということです。

その人が生涯にわたってずっと善人として過ごすこともあれば、悪人になることもある。私は時々、もし自分がドイツの若者で軍人としてアウシュビッツの看守として配属されて、警備の役割を任ぜられたとしたらどうしただろうと考えることがあります。上官の命令で、死体をガス室から運び出す仕事を命じられても拒否できただろうか。いや、おそらくできなかっただろうと自問自答するのです。

現実は複雑に入り組んでいて刻々と変化していくのだから、決して物事を固定的に捉えてはならない。しかし複雑なことは普通の人たちの耳にはなかなか入らないという難しさがあります。そのなかで、せめて二つの次元で物事を相対的に捉えることぐらいはできるのではないかというのが、私が常々思っていることです。

心が大事か、体が大事かといった二分法ではなく、心も体も大事だと考える。心がなければ体を支えられないし、逆に丈夫な体が心を支えるということもある。そういう複雑さ、生きていくうえでの厄介さを引き受けないといけない。物事を断定的にスパッと言い切ってしまうと受け入れられやすいけれども、そこには真実はないと思うのです。

だから、「笑いが大事だ」と言ったら、「いや、それだけでなく悲しむことも大事だ」と言う。悲しみに寄り添うグリーフケアは大事だけど、笑いやユーモアも大事だと言う。そういうきわどい針の穴のようなところに真実の一本道が通っているので、そこを考えていかなければならないのではないか。

世の中には細く長く生きたい人もいれば、太く短く生きたい人もいる。ですから健康法と言っても、その人の生きるうえでの信念によって異なるはずです。タバコは体に悪いと言われますが、「寿命が五年縮まってもオレはタバコを吸いたい」という人はタバコを吸っていいでしょう。「どうしてもこれをやらなければ死ねない」という何かを持っている人はできるだけ体に害のあるものを摂らないようにしたほうがいいですが、

「細く長く生きながらえる必要はない。喜びのなかで死にたい」と願っている人は喜びが得られるような生き方をすればいいのです。

漫才師が「健康はいのちより大事」などと言って笑いを取っていますが、それがネタになるぐらい健康幻想が蔓延《まんえん》している。しかし、本来は健康そのものに価値があるのではなくて、その人の人生の目的に添って健康というものがある。その際に悲しみや嘆き、あるいは暗い思いに浸るといったことが、実は非常に大切なことなのです。

第十章　愁いの効用

戦争体験は語りたくない

二〇一五年は戦後七十年の節目ということもあって、私も戦争体験について数多くのインタビューを受けました。記者たちは北朝鮮からの引き揚げや敗戦の頃の辛《つら》い体験を根掘り葉掘り聞き出そうとしましたが、私は「被害体験はもう語りたくない」と言い張って抵抗したのです。

二〇一六年一月にNHKのEテレ「団塊スタイル」という番組に出演したときも、敗戦当時の悲惨な状況を話すように促されました。でも、私は「もう話しません」と言ってがんばった。すると、出演者の一人が「体験者は戦争体験を後の世代に伝える義務があるのではないですか」と言うのです。そんなことを言われても、人間というのは本当に悲しかったことや辛かったことは話したくないものです。

敗戦後、私は母を失くし、父と弟と三人で命からがら三十八度線を越えて日本に帰ってきましたが、戦争について言えば、自分には責任はないけれどある、というアンビバレントな感覚があります。

私は当時まだ子どもだったから、日本の軍国主義や植民地経営、他民族の支配などに関して具体的な責任はありません。だけれども、日本民族の一人だったことは確かで、親世代のやったことを有形無形の形で引き継いでいるのです。

安倍《あべ》首相は七十年談話で「私たちの子や孫、そしてその先の世代の子どもたちに、謝罪を続ける宿命を背負わせてはならない」と述べました。この主張が非常に好意的に受け入れられた心情は、日本人がもつ負い目から解放されたいという自然な欲求に根差していたのだろうと思います。

けれども私たちが受けた被害というのは、父親や祖父の世代の加害の裏返しとしてあるわけですから、よく考えると責任を免れることはできない。戦争体験はすべてそういうものです。

さらに言えば、戦争体験を伝えると言いますが、加害の体験などとても伝えられるものではありません。

富山県八尾《やつお》町で風の盆という有名な祭りがおこなわれています。観光客が詰めかけ、地元の人が見られないほど賑《にぎ》わうのですが、私がよく見に行っていた頃はまだそれほど世間に知られておらず、ひっそりとした静かな祭りでした。

私はこの風の盆を舞台に『風の柩《ひつぎ》』という小説を書きました。お盆の行事に参加していたおじいちゃんについて、娘や孫たちは風の盆が来るたびに懐かしく思い出すのですが、実はそのお年寄りは戦争中に従軍して過酷な体験をしていたという設定です。

そのお年寄りは戦争中、「銃剣で刺殺する訓練をしろ」と上官に命令されて、他の兵士たちと一緒にたくさんの捕虜を殺した経験があった。しかし、そのことは語れない。人を殺したり犯したりした人間だとわかったら、その時点で地域社会の視線が違ってきます。やさしいおじいちゃんが実は戦争の渦中では殺人者だったなどということを家族は聞きたくもないし、考えたくもない。もし告白してしまったら家族や係累に至るまで一族郎党に殺人者のイメージが刻印されてしまいかねないからです。

戦争体験は伝えられない

戦後七十年経つなかで、様々な事実を戦争体験者が語ってきたように見えます。ですが、おそらく本当のことはほとんど語られていないように思います。例外的に大岡昇平《おおおかしょうへい》の『野火』のような小説もあるけれども、「オレは戦友の肉を食った」とか「これだけの人間を殺した」などと話す人はいません。戦争の被害体験は多く語られるが、本当に人を殺した人は加害体験を語らない。稀《まれ》に出てきても、でっち上げのような作り話だったりする。

東京大空襲で約十万人が亡くなり、隅田川《すみだ》が死体で埋まったという話は語れます。しかし、加害体験については戦後七十年経っても当事者たちは口をつぐんで話さないまま、亡くなっていく。そうなると、戦争体験を後の世代に伝えることができるかという問いに対して「できない」というのが私の考えです。

それは日本だけでなく、世界中でそうだと思います。

第二次世界大戦でフランスは戦勝国に数えられてきましたが、実際には敗戦国でした。ドイツの敗北が明らかになる頃、せめて首都パリをフランス人の力で取り戻さなければフランスは敗戦国になってしまうというので、ドゴール将軍らが攻め入ってパリを解放したということになっているけれども、戦争末期に成立したヴィシー政権はドイツの側に立ち、ペタン元帥の指揮下で連合国軍と戦っていたのですから、フランスは本来敗戦国です。

しかし、そういうことがこれまでずっと、ある種のタブーとして語られずにきました。最近になってようやくフランスの恥部として語られるようになり、反ユダヤ的だったため黙殺されてきた作家のセリーヌの作品が、映画化されるなど、再び注目を浴びています。それでも彼が書いた「パンフレット」(反ユダヤ文書)は現在でも世界各国で出版が差し止められており、唯一読めるのが日本語版だけという状況です。

つまり、歴史の真実はやはり百年経ってからでないと語られないということですが、百年経った頃には体験者は亡くなっている。世界中どこであっても国家に都合の悪いことは語られぬまま、ずっと打ち捨てられている。そう考えると、非常に暗澹《あんたん》たる気持ちになるわけですが、その暗澹たる気持ちになるということを大切にする必要があるのではないかとも思うのです。

トスカ　ふさぎの虫

ロシア語に「トスカ」という言葉があります。

辞書を引くと暗愁と訳され、「心を押しつけるような暗い物思い」というふうに解釈されています。

ロシアの作家マクシム・ゴーリキーの作品に文字通り『トスカ』という中編小説があるのですが、二葉亭四迷《ふたばていしめい》はトスカというタイトルを「ふさぎの虫」と訳しました。

ある町で貧しい労働者から身を起こして実業家になった人がいて、町の人たちからも尊敬を集めていた。ちゃんとした家庭を持ち、今で言うならライオンズクラブのメンバーのような地域の名士でもあった。ところが、ある朝、目を覚ましたら心のなかに何とも言えない憂鬱《ゆううつ》な思いが芽生えていて、それからというもの何をしても楽しくない。通りですれ違った相手が帽子を取り、「こんにちは」と言って挨拶《あいさつ》しても知らん顔して歩いていく。そうして実業家はどんどん破滅に向かっていき、ジプシーの女性を呼んで大騒ぎしてもかえって憂鬱は深まっていく。

人間は生まれるときに虫を一匹、心のなかに宿して生まれてくるのですが、その虫の名が「ふさぎの虫」です。この虫はとても厄介な虫で、その人の心に棲《す》みついていることを本人に気取られないように雌伏しています。そして、一生のなかでクライシス・モメントと言えるようなもっとも大変な時期に突然出てきて、その人の心にガブッと食らいつく。そうすると、噛《か》みついたところから得も言われぬ毒液が体中に広がり、何とも言えぬ不快な気持ちに襲われて身の破滅に向かっていくという物語です。

ただし、ロシア人はこのトスカという言葉を毛嫌いしたり恐れたりするどころか、人間がもともと持っている何か非常に大事なものとして受け入れているところがあります。そこがとても大事なことだと私は思うのです。

このトスカというロシア語に近い言葉は実は世界中にあります。

韓国には「恨《ハン》」という言葉があります。朝鮮民族の心のなかに青あざのように残っているものとよく言われますが、歴史的な激動のなかで体験した民族的な苦しみや痛み、悲しみといった感覚が恨として母から娘へ、娘から子へ、子から孫へと伝わり、今も人々の心のなかに息づいていると言われています。

中国には「悒《ゆう》」という言葉があります。これは君子の感動の仕方を表した言葉でしょう。君子はすばらしい景色を眺めて「ああ、すばらしい。気持ちがいいな。いい景色だな」と能天気に感動していてはいけない。そういう感動の背景に刷毛《はけ》で掃いたような何とも言えぬ悲しみや寂しさのような感覚が流れていてこそ、君子の感動の仕方であるというのです。

ポルトガルには「ファド」という民族音楽があります。ポルトガルの美空《みそら》ひばりと言われるアマリア・ロドリゲスの曲に「サウダーデ」というのがあります。このサウダーデを和訳しようとしていろいろな試みがなされてきましたけれども、うまく行きませんでした。旅愁とはちょっと違う。哀愁と訳すと甘すぎる。作家の新田次郎《にったじろう》は「孤愁」と訳しましたが、やはり少し違う。

私は昔、ブラジル音楽に興味があってブラジルまで音楽を聞きに行ったことがあります。サンパウロ大学の学生にガイドしてもらってバイーア（現サルバドール）という都市で本場の音楽を聞いたのですが、そこですごい演奏に出会いました。思わず興奮してガイドの学生に「最高だ。こんな演奏は初めて聞いた。ブラジルに来てよかったよ」と言ったら彼が首を捻《ひね》っている。「う～ん、どうですかね」という煮え切らない反応だったのです。

それで、ホテルに戻ってから「あのリズム感といい、エネルギッシュな演奏といい、最高にすばらしかったのに君はなぜ、その通りだと言わなかったのか」と尋ねたら「いや、ブラジルの音楽にはやっぱりサウダージがなくちゃね」と言うのです。ポルトガル語のサウダーデをブラジル風に訛《なま》ったのがサウダージです。

「サンバのようにエネルギッシュな激しい音楽であろうと熱狂的な音楽であろうと、その背景に何かある種の愁いのようなもの、哀愁や寂しさのような感情が同時に流れていてこそ、本当にいい音楽だと私は思う。やっぱり、ブラジル音楽にはサウダージがなければダメだよ」

彼はこういうことを言いたかったようでした。

ローリング・ストーンズとかビートルズなど、いわゆるロック音楽の基本はブルースです。ミュージシャンたちはみな「自分たちはブルースから出発した」と言っています。ブルースにはいわゆるブルース調と言われるスローテンポな音楽だけではなくて、マーチのような軽い音楽やタイガーラグのようなエネルギッシュな音楽もありますが、ブルースというのはホワイトでもブラックでもレッドでもなく、やはりブルーなのです。

こうして見てくると、ロシアのトスカ、韓国の恨、中国の悒、ポルトガルのサウダーデ、ブラジルのサウダージ、アメリカやイギリスのブルースなどなど、世界中にトスカと同様の言葉があるのです。

このトスカを日本語に訳すと何と言うのかをずっと考えつづけてきたのですが、ある時出会ったのが暗愁という言葉でした。

暗愁が流行した時代

「暗い愁い」と書いて暗愁。

日本書紀の研究などで著名な国文学者の小島憲之《こじまのりゆき》の著書『ことばの重み　鷗外の謎を解く漢語』（講談社学術文庫）のなかで取り上げられていたのですが、暗愁は中国の古典に時々見受けられる中国の言葉です。

古代の日本に中国の文物が渡来したとき、文学も経典もあったわけですが、そのなかに暗愁という言葉が紛れ込んでいました。この言葉を読んだ当時の文人墨客は「大和言《やまとこと》葉では表現できないような何とも言えない重い愁いのようなものをピタッと一言で表現できる、これは便利だ」と言って喜んで使いはじめたようです。

たとえば、菅原道真《すがわらのみちざね》の師にあたる歌人で貴族である島田忠臣《しまだのただおみ》が詠んだ詩のなかにも暗愁という言葉が見られますから、当時の知識人が喜んで使った節があります。

それ以来ずっと、暗愁という言葉は歌を詠んだり物を書いたりする人たちの間で細々と生きながらえてきましたが、俄然《がぜん》、社会に広まってあたかも流行語のごとく時代を風靡《ふうび》したのが、明治維新から大正の初めにかけての頃でした。今では想像もできませんが、当時は暗愁という言葉が流行語であったのです。

森鷗外をはじめ、夏目漱石《なつめそうせき》や永井荷風《ながいかふう》、大正の頃には鈴木三重吉《すずきみえきち》や有島武郎《ありしまたけお》ら名だたる小説家や文人墨客が暗愁という言葉を使い、それを読んだ人たちがまた使うというふうに広がっていきました。小島憲之の『ことばの重み』には森鷗外の文章だけでなく、夏目漱石の若い頃の使用法とか数多くの例が挙げられています。

こうして当時の政治家から実業家それに軍人まで、ありとあらゆる人たちが手紙や日記、寄せ書きや漢詩を書く際に使ったため、暗愁という言葉があたかも流行語のごとくに用いられた時代があったのです。

明治という時代は司馬遼太郎《しばりょうたろう》の『坂の上の雲』に描かれたように、国民と国家が一体となって坂の上の雲をめざして熱く峠を駆け上っていった時代というイメージが強くありますが、光が強ければ当然、影も濃い。だから、暗愁という言葉が流行したことは、坂の上の雲が頭上に広がる一方で、坂の下の霧もまた一段と深かったことを示しています。

私が百寺巡礼という企画で全国を旅していた頃、古老と言われる人から「日清・日露戦争の頃、繁盛していたお寺さんや神社は公事逃れに御利益のあるところだった」と聞いたことがあります。繁盛という言葉は興業などとともに商売用語として使われていますが、本来は宗教用語です。公事逃れというのは、徴兵を免れること。当時の農家は子どもが五人も六人もいる大家族が多かったのですが、長男は跡継ぎとして家を継ぐので、二男や三男が戦争に引っ張り出されました。

日露戦争などという戦争は本当にひどい有り様で、二〇三高地の攻防では兵士が湯水のごとく扱われ、死んでいきました。そのため農家の人たちは子どもを兵隊に取られたくないと願っていた。公事逃れを祈願したというのは、当時の日本の庶民・大衆の心のなかに潜んでいた声にならない声だったのかもしれません。

兵士が出征するときには大勢の村人が集まり、兵士は「立派に死んで金鵄《きんし》勲章をもらってきます」などと勇ましい挨拶をしたようなイメージが強いですが、夏目漱石の『草枕』に描かれた出征する兵士を見送るシーンなどを読むと、何とも言えない虚無感を感じさせるような描写があります。徴兵に取られたくなかったというのが当時の庶民の本音でしょう。本人が行くわけにはいかないので、家族や友人が少し離れた神社仏閣にお百度参りをして公事に当たらないようにと祈ったわけです。

そういう庶民感情のなかには明治時代という明るい輝きと同時にある種の暗愁が深く刻印されていた。暗愁という言葉が流行した背景にはそういう一面があったのだろうと思います。

永井荷風の暗愁

暗愁という言葉からは字義的に暗さや愁いというニュアンスを受け取るかもしれませんが、私はもっと根源的な人間が生きていくうえでの悲しみや、悲哀の感覚と捉《とら》えたほうがいいと思っています。

人間はそういう悲しみの感覚を押し殺して生きようとする傾向にあります。そういうものを強く意識した人を鬱病と言ったりするのですが、実は人間の根源的なあり方なのではないかと思います。親鸞が言う悪というのはキリスト教で言われる原罪に近く、すべての人が抱え込んでいるどうしようもないものを意味しますが、そういう人間存在を悲しむ感覚とでもいうべきものです。

暗愁という言葉は大正の初め頃までは盛んに使われましたが、その後どんどん使われなくなって戦後はバタッと消えてなくなりました。

日本の小説家で暗愁という言葉を最後に使ったのは永井荷風というのが小島説です。

敗戦の頃、永井荷風は疎開していた岡山でひとり暮らしをしていました。夜中に盥《たらい》で下着を洗うような貧しい生活のなかで、親切な読者の一人に「先生、そんなふうにウジウジと暮らしていると体に悪い。岡山の周辺には景色のいいところもありますから、一緒にハイキングに参りましょう」などと誘われて、ある日散策に出かけました。

そうしたら、田んぼでは稲が芝生のように揺れている。農家の庭先では花が咲き誇っている。近くの小川では子どもたちが魚を獲《と》っている。永井荷風は戦争中もずっと日記を書きつづけていましたが、喜び勇んで帰宅し、この日の日記には「自分は今日一日、岡山郊外を散歩してすこぶる気持ちがよかった。戦争中とは思えない牧歌的な風景で、大いに心が和んだ。すばらしい景色であった」と書き記しています。

その日記の一節にこんなくだりがあります。

薇陽の山水見るに好しと雖到底余の胸底に蟠る暗愁を慰むるべきに非らず。

（『断腸亭日乗』昭和二〇年七月一三日）

薇陽《びよう》というのは岡山地方を美しく表現した美称です。薇陽の風景は戦争中とは思えないほど牧歌的な美しい景色であったが、どんなに景色が美しかろうとも、自分の心の奥深いところにわだかまっている暗愁を癒《いや》してくれるほどではなかったと荷風一流の文章で日記に書いたわけです。

暗愁の暗とは

暗愁は永井荷風以来、使われなくなった言葉ですから広辞苑に載っているのが不思議なくらいですが、「心が暗くなるような、悲しい物思い」という広辞苑の説明は、少し説明が足りないような気もしないではありません。

吉川幸次郎《よしかわこうじろう》も言っていますが、暗愁の暗は暗いという意味ではありません。

暗香という言葉があって、これはどこからともなく漂ってくる梅の花の香りのことです。春がまだ先で風が冷たい頃、山道を歩いているとどこからともなくふと梅の香りが漂ってきた。「どこかに梅の花が咲いているのだな」と思い、「どこだろう」と辺りを見回すけれども、夜の闇に紛れて花が見つからない。そんな風情を表す言葉です。

そのため暗愁という言葉も暗い気持ちではなく、何が原因なのかわからないにもかかわらず、心のなかにドスンと横たわっている何とも言えない鬱な物思いのことを言う。吉川幸次郎は「いずこより形ともなく訪れる」と言っていますが、これが正解なのです。

昔、講演でこの話をしたら、岩波書店の広辞苑担当の編集者がどこからか聞きつけて電話をかけてきました。それで「説明を直したいからアドバイスしてください」と言われましたが、結局そのままになっています。

人は誰でもよくわからない鬱な物思いを心に抱いています。そして、そういう気持ちが表にひょいと出てくると、マイナス思考になることを危惧《きぐ》してあわてて引っ込めるのです。

でも、人間は目を逸《そ》らさずに暗愁や悲哀といったものに向き合ったほうがいいのではないかと私は思っています。

本居宣長によると、人間は一生のうちで必ず、どこかでそういう深い悲しみに出会う、出会わずに済ますことはできないのだと言います。心に焼き付いて生涯つきまとうのであれば、そういうものにまともに向き合うしかない。ですから、悲しみを克服する方法はちゃんと悲しむことなのです。

慈悲とは何か

仏教は昔から智慧《ちえ》と慈悲の教えである、と言われてきました。

智慧というのは四苦八苦と言われる人生でどのように苦を乗り越え、解決していくかについての智慧のことです。ですから、仏教とは神秘的なものでは全くなくて、むしろ知的な教えと言えます。その智慧が仏教学のなかでさらに洗練されていくと唯識《ゆいしき》と呼ばれるような仏教哲学になっていきます。

もう一つの慈悲とはどういうものかと言うと、よく「水戸黄門《みとこうもん》」などテレビ番組の時代劇で、お百姓が「お奉行さま、お慈悲でございますだ」などと言って許しを請う場面を見ますけれども、そうではなくて慈悲とは「慈アンド悲」、つまり慈と悲の二つの意味が合わさった言葉なのです。

慈はサンスクリット語のマイトリーの漢訳です。ミトラという言葉が語源ですが、これは朋友という意味で、アメリカの公民権運動で黒人が同胞をブラザーと言ったのに近い。ですから、一番近い言葉はフレンドシップだと思います。あるいはヒューマニズムと言ってもいい。慈という言葉は明るく近代的だから理解しやすいのです。日本語では、励ましと言っておきましょう。

大昔のインドでも、人間は大人になって一人で暮らすうちに連れ合いができ、子どももできて家族や親類が増え、集落にまとまって住んでいました。その頃に人々の心をつなぐ絆《きずな》は血であり、「あの子は誰それの孫の三男坊だ」とかいう血縁で人間関係が営まれていました。

それが農業や商業が発達し、河口の港町に大きな都市ができ、何千何万という単位で人が住みつくようになると、言語だけでなく人種も職業も出自も違う人々と接触するようになります。そういった都市で市民をつなぐのは血ではありません。でも、だからといって子どもがケガをして血を流しているのに「あれはどこの子だろう。わからんね」と言って放置していてはダメです。

都市に住む住民はみな家族だというふうに考えて、お互いに協力し合わなければやっていけない。そこで、血に代わる新たなつながりとして生まれてきたのが慈という感情です。血がつながっていなくても、人間はみな兄弟だという考え方、つまりヒューマニズムが慈なのです。

もう一つの悲は、慈と全くの別物です。悲はサンスクリット語のカルナーの漢訳です。中国人は造語の天才で、マイトリーとカルナーという全く違う二つの言葉を合体させて慈悲という非常に巧みな言葉を作りました。一つの言葉ですが、慈アンド悲です。悲は慈とは対照的な言葉です。

厳しいけれども頼りになる父親を慈父と言うのに対し、母親には悲が付いて悲母とか悲母観音とか言います。悲は慈のように励まさないし、がんばれとも言わない。言葉を発さないのです。自分が辛くて悲しいということではなくて、痛んだり病んだりしている人のそばに行き、その人の痛みや苦しみの幾分かでもいいから引き受けて軽くしてあげたいと願うのが悲の心です。

痛みや苦しみというのはその人だけのもので、他人が背負うことはできない。苦しみの半分を引き受けられるというようなものではありません。そのことをわかったうえで、その人の痛みや苦しみに共感共苦して少しでも軽くしてあげたいと願う。だけども、それができないという己の無力さに気がついたときに、人は思わず「ああ」という深い溜《ため》息《いき》をつく。それが仏の心であり、悲なのです。しかし、その溜息は苦しんでいる人にとって「がんばれ」と言われるより、はるかに大きな力になる可能性があります。

世の中には慈、つまり励ましが必要です。力萎《な》えて道端に座り込んでいる人がいたとき、その人のそばに行って「どうしたのだ、大丈夫か。この手につかまれ。一緒に歩いて行こう。そこまで行けば船が出ているからがんばれ」と励ませば、「もうダメだ」と座り込んでいた人でも立ち上がることができるかもしれません。だから、慈は大切です。

しかし、人によっては「これでいいと覚悟を決めているのに、そんながんばれなんて辛いことを言ってくれるな。がんばれと言われてもどうしようもないではないか」と励ましの言葉が逆に疎ましく感じられるときもあるのです。

悲は慰め

作家の田辺聖子《たなべせいこ》さんが神戸で阪神《はんしん》・淡路《あわじ》大震災に遭ったとき、テレビ中継で民放の女性アナウンサーが住民たちが避難している小学校を訪れ、家が倒壊して娘二人が犠牲になり、嘆き悲しんでいる母親にインタビューしている姿を目にしたといいます。女性アナウンサーは軽快な口調で「今のお気持ちは」などと無神経な質問を浴びせた挙げ句に「じゃ、がんばってくださいね」と言って颯爽《さっそう》と立ち去っていったそうで、田辺さんは「ものすごく頭にきた」と言って憤慨していました。

想像力が足りないのです。もしも、そのとき母親がキッとなって「あなたね。がんばってくださいねと言われますけど、ここで私ががんばれば娘二人の命が返ってくるのですか」と言っていたら、どう受け応《こた》えしていたのか。

人間にはがんばれという言葉に効果があるときもありますが、同じようにがんばれという言葉を絶対に言ってはいけないときがある。そして、そのときこそ悲の出番です。悲というのは何も言わずに、横に座って溜息をついているだけです。「あなたの力になりたいけれども、人間は他人の痛みを引き受けることはできない」という悲の感覚でそばにいる。そうすることで、お互いの心が通じ合うのです。

それが悲の感情であって、別の言葉で言えば共感共苦、ドストエフスキーの言う人間愛と言ってもよいでしょう。そういう悲の大切さが近代以後、非常に軽んじられてきたように思います。

慈悲のうち慈は愛であり、友情であり、ヒューマニズムですが、慈だけではどうしようもないときに悲があるわけです。慈が励ましなら、悲は慰めと言っていいと思います。人間は励ましだけでなくて、慰めも必要なのです。

たとえば、古賀政男《こがまさお》が作詞作曲して春日八郎《かすがはちろう》が歌った「影を慕いて」はまさに悲を歌った曲です。

わびしさよ　せめて傷心の　なぐさめに
ギターをとりて　爪びけば
どこまで時雨《しぐれ》　ゆく秋ぞ
トレモロ淋《さび》し　身は悲し

ところが、慰めというものは非常に軽んじられてきました。慰めの代表は漫才や歌などの娯楽ですが、娯楽は軽く見られてきたのです。

私は小説を書き始めたときから、読者の心を慰めるような作品を目指してきました。一日くたくたになるまで働いて「ああ、疲れた」と思っている人の心を一瞬でもいいから慰めたい。持続しなくてもいいから、花見のように一時でもいいから、小説を読んで「ああ、面白かったな」と心が慰められるような作品を書くことを自分の仕事と考えてきたのです。だから、小説のなかでもエンタテインメントというジャンルを選んだわけですが、その根底には悲が大切だという気持ちがありました。

悲というのは涙であり、悲しみであり、嘆きです。グリーフケアも悲の一つだろうと思います。グリーフケアの鉄則は相手の話を聞くことですが、だからと言って、「もっと話せ。もっと話せ」と言ってせっついてはいけない。その匙《さじ》加減が難しい。やはり無言でそばに寄り添い、ともに涙するのが基本ではないでしょうか。

悲しみの感覚

近代以後、慈悲のうちの慈ばかりに光が当てられ、ユーモアや笑いの重要性が強調されてきました。しかし、その一方で戦後の日本を見ても、歌謡曲や浪曲、大衆演劇などが「お涙頂戴《ちょうだい》」ものとして蔑視《べっし》されながらも根強く生き残ってきたのは、やはり人間の心には慈の面と悲の面の両方があるからだと思います。仏教は悲を大事にしますが、キリスト教も実は悲しみを大事にする宗教です。

カトリックの司祭である本田《ほんだ》哲郎《てつろう》さんと対談するために旧約と新約の聖書を改めて読み返していて気付いたのですが、とくに新約聖書に描かれたイエス・キリストの言動には非常に深い悲の感覚があると思います。愛する弟子たちを前に「おまえたちは明日、私を裏切るだろう」と宣告するのですが、自分を裏切るからと言って弟子を責めているわけでも何でもない。そこには人間というのは根源的にそういうものだという悲しみの感覚が流れていて、やはり読んでいて感動を覚えるのです。

仏教ではブッダ本人が存在しなかったという説があり、キリストも近代の神学ではその存在を実証できていません。そうなると、人々が何千年も信じ続けてきたことのなかにキリストは生きているというような言い方しかできないことになりますが、それでもなお、仏教にもキリスト教にも悲しみの感覚が生き続けていることは非常に大きなことだと思います。

ドイツの社会学者マックス・ウェーバーの『プロテスタンティズムの倫理と資本主義の精神』を持ち出さなくても、資本主義の背景に宗教的なストイックなものが働いていることはすでに常識のように語られているわけです。その一方で、悲しみの感覚のようなものも人間の歴史の底流に流れていることを私たちは見過ごすことができないような気がします。

悲しみを語ると感傷的であると否定的な言い方をされますが、私は感傷的であることが悪いとは思いません。センチメンタルであることはむしろ大事なことだとさえ思っています。アメリカの作家レイモンド・チャンドラーが書いたハードボイルド小説のなかに、主人公で探偵のフィリップ・マーロウが吐いた「タフでなければ生きていけない。優しくなければ生きていく資格がない」というセリフがありますが、これもセンチメントを表現した面白い言葉の一つだと思います。

泣くことについても「泣け、泣け」と大声で言う必要は全くないけれども、泣くことを恥ずかしがる必要もない。現代社会では、とくに男が泣くことについて女々しいとして蔑視される風潮が根強くあります。その代わり、カラオケで歌うときに別れとか涙を歌った唄《うた》を絶唱することで泣くことの代償行為にしている節がある。カラオケで自分の涙する心を唄に託して歌っているのだろうと思います。ですから、カラオケは廃れないのかもしれません。

悲しみを強調するのも、それはそれで大げさで好きではありません。けれども、少なくとも悲しみをマイナスと捉えることはもう迷信に近いことではないか。ちゃんと笑うためにはちゃんと泣いた経験が必要だし、ちゃんと泣いた記憶が支えになっていなければ本当に笑うことはできないように思うのです。

おわりに

聖人君子の死は、常に伝説として飾られてきた歴史があります。偉大な父親が亡くなるとき、家族や知人たちは紫色の雲がたなびくとか、天上から音楽が奏でられるとか、時ならぬ花が咲くといった奇蹟《きせき》が起こることを期待するのです。

ですから、私は『親鸞』（講談社）では絶対にそうは書くまいと決めていました。フィナーレの音楽が鳴り響くような荘厳な死ではなく、何とも言えない無造作な死、あっけない死に方をさせようと、最初からそのつもりでいました。

父親に期待していた娘が母親の恵信尼《えしんに》に手紙を書いて「こんなに無造作に普通の人と同じように死にましたけど、ほんとに往生したのでしょうか」と尋ねるのです。

すると、恵信尼が「あの人は極楽往生されました。阿弥陀如来のもとに行かれたのです。間違いありません」と返事を寄こします。恵心尼は晩年を親鸞と離れて越後で暮らし、臨終にも立ち会いませんでした。

釈然としない娘は親鸞の孫やひ孫といろいろと画策して墓守の権利を持ち、全国の真宗門徒の本山として本願寺を作り上げていこうと努力して、今の本山ができるわけです。

しかし、親鸞自身は「自分が死んだら鴨川《かもがわ》に投げて魚のエサにしろ」と言って死んでいます。その遺言は結局、実行されませんでした。

宗門の人から見ると、小説で書いた夫婦喧嘩《げんか》をして奥さんに手を上げたりする親鸞は考えもつかなかったと思います。あるいは、孫を背中に乗せて「お馬どうどう」などとやっている親鸞などありえないと思ったかもしれません。門徒にとって親鸞は聖人様、つまり神様仏様の類《たぐい》ですから、私が描いた親鸞像はそういう方面ではあまり評判はよくなかったようです。


東日本大震災後に、絆《きずな》ということが頻繁に言われるようになりました。どうもその使われ方に違和感があって改めて調べなおしてみたのですが、絆という言葉は私が以前から感じていたようなマイナスの意味を持った言葉でした。

広辞苑をはじめ、どの辞書にも書いてありますが、「家畜や動物が逃げ出さないようにつないでおく綱のこと」を絆と言ったのです。それが、絆という言葉の第一義です。私たちの時代には寺山修司《てらやましゅうじ》にしろ、野坂昭如《のさかあきゆき》にしろ、みんなクニを捨てて東京に出てきた。家族の絆や血縁の絆、重く伸《の》し掛かってくる地縁の絆、その土地の絆から脱出するために上京したわけです。

ですから絆という言葉には鉄鎖のような重さを感じていました。ベストセラーになった下重暁子《しもじゅうあきこ》さんの『家族という病』（幻冬舎新書）など、まさに原義の絆の呪縛《じゅばく》を告発した本です。

背負っている絆の重さを振りほどいて、近代的な自我をどうやって確立するか、というのが戦後日本の初めからの私たちの世代の課題だったのです。

農民たちの抵抗のやり方として、一揆《いっき》のほかに逃散《ちょうさん》というものがあったことを述べましたが、農民たちの間には絆のなかでの連帯があったように思います。よく一味徒党を組むと言いますけれども、みんなが心を合わせて共同の運命に対処するという意識と行動がありました。

その点、今はバラバラです。連帯が希薄になっている。でも、私はバラバラの状態を肯定します。

個の確立こそが近代人の理想です。だから、孤独死という言葉は寂しいという人もいるけれども、病院のベッドで家族が見守っているなかで「ご臨終です」と言われるよりは孤独死のほうがいい。

私はやっぱり、人間は最後、一人で死ぬのがいいと思っているのです。

ある時期、「行き倒れの思想」ということを言っていましたけれども、私は孤独死とか単独死と言われる死にざまを大事にしたいと思っているし、孤独死をきちんとした一つのスタイルにまで磨き上げたいと思っています。

人は誰しも死のキャリアとして生まれてきて、デラシネとしてこの世をさまよい、土に還《かえ》っていく。その自覚に、不安の時代を生きるヒントがあるように思います。

後記にかえて

デラシネ、という言葉が、この五十年間、ずっと頭の奥に引っかかっていました。そのわだかまりを、折にふれて雑文に書いたりしゃべったりすることで過ごしてきたのですが、今回、機会があって一冊にまとめることになりました。

この企画を立案し、長期間にわたって熱心に編集の労をとってくださった角川新書の藏本淳、原孝寿、菅原哲也のお三人に心から感謝の意を表したいと思います。

二〇一八年

五木寛之

本書は２０１５年から２０１７年の間に
日刊ゲンダイに連載した原稿や、インタビューで語り下ろしたものに
大幅に手を加え、再構成したものです。

五木寛之（いつき・ひろゆき）

作家。1932年福岡県生まれ。生後まもなく朝鮮半島にわたり、47年に引き揚げる。52年早稲田大学第一文学部露文科入学。57年中退後、PR誌編集者、作詞家、ルポライターなどを経て、66年『さらばモスクワ愚連隊』で小説現代新人賞、67年『蒼ざめた馬を見よ』で直木賞、76年『青春の門』（筑豊篇ほか）で吉川英治文学賞を受賞。また英文版『TARIKI』は2001年度「BOOK OF THE YEAR」（スピリチュアル部門）に選ばれた。02年菊池寛賞を受賞。10年に刊行された『親鸞』で毎日出版文化賞を受賞。

デラシネの時代《じだい》

五木《いつき》寛之《ひろゆき》

2018年 2月10日　初版発行

発行者　郡司 聡

発　行　株式会社KADOKAWA

〒102-8177　東京都千代田区富士見 2-13-3

電話　0570-002-301（ナビダイヤル）

装 丁 者　緒方修一（ラーフイン・ワークショップ）

ロゴデザイン　good design company

オビデザイン　Zapp!　白金正之

編集協力　瀧井宏臣

印 刷 所　暁印刷

製 本 所　BBC

角川新書

ISBN978-4-04-102191-0 C0295

KADOKAWAの新書 好評既刊

東大教授の「忠臣蔵」講義

山本博文

「大石は遊廓を総揚げしていない」「討ち入りのとき、赤穂浪士たちは太鼓を持っていなかった」――。時代劇や小説に埋もれた真実を、テレビでおなじみの東大教授が、根拠となる史料を丁寧に引きながらライブ講義形式で解説。索引付き。

長寿の献立帖
あの人は何を食べてきたのか

樋口直哉

長生きが当然の一億総長寿時代。老いをいかに生きていくべきか。40名あまりの長寿を全うした人々の食生活や人生からそのヒントを探る。食は人生の一部であり、全体ではない。だが一方で食べることは、生きることを象徴しているのもまた事実である。

人生ごっこを楽しみなヨ

毒蝮三太夫

世の中のジジイ、ババア！　楽しく毎日すごしてるか!?　この本では「年を取る喜び」みたいなものを俺なりに書いてみようと思うんだ。まぁ気楽に肩の力を抜いて、好きなところからページをめくってくれよな。

徳川家が見た西郷隆盛の真実

徳川宗英

なぜ、上野公園に西郷隆盛の銅像が建てられたのか？　なぜ、靖國神社に祀られなかったのか？　維新の立役者・西郷隆盛とはどんな人物だったのか。徳川家に伝わるエピソードを織り交ぜながらその実像に迫る。

かぜ薬は飲むな

松本光正

風邪の症状である発熱や咳、痰、くしゃみ、鼻水、頭痛、関節痛などは、身体がウイルスと闘っている状態。これらを薬で止めてしまったら、風邪の治りが遅くなるだけ。にもかかわらず、なぜ医師は薬を出すのか？

KADOKAWAの新書 好評既刊

最後の浮世絵師 月岡芳年

平松 洋

かつては「血みどろ絵」として人気を博した月岡芳年。近年は武者絵や妖怪絵、美人絵など様々な視点から評価が進み、ますます人気を誇っている。本書では芳年の作品が生まれた時代性を解説するとともに、その主要作品を紹介する。

新撰組顛末記

永倉新八
解説・木村幸比古

幕末を戦い抜いた新選組幹部・永倉新八は、最晩年に回顧録を新聞に連載していた。その場にいた者にしか語れない、新選組の誕生から崩壊までの戦いと軌跡を余すところなく収録。

忖度社会ニッポン

片田珠美

忖度とは相手の意向を推し量り、先回りして満たそうとすること。忖度する人の胸中には、自己保身や喪失不安、承認欲求や何らかの見返りへの期待などが潜んでいる。忖度がはびこる日本社会の根底に横たわる構造的問題をあぶり出す。

「コト消費」の嘘

川上徹也

連日メディアをにぎわす「コト消費」。だが言葉に踊らされて「コト」だけを売り、売上に結びついていない事例も少なくない。「コト」と「モノ」をきちんと結びつける売り方を多数の実例から紹介する。

愛とボヤキの平成プロ野球史

野村克也

平成時代はプロ野球界にとっても激変の時代であった。相次ぐ有力選手のメジャー流出、球界再編問題、ＷＢＣの誕生……。その裏には何があったのか？　ヤクルト、阪神、楽天の監督として、そして野球解説者として現場を見てきた野村克也が斬る！